컨닝**X**파일

컨닝 X 파일

크리스틴 부처 지음 ◎ 김영아 옮김

미래인

컨닝 X파일

1판 1쇄 발행 2013년 3월 20일
1판 6쇄 발행 2020년 5월 20일

지은이 크리스틴 부처 **옮긴이** 김영아 **펴낸이** 김민지 **펴낸곳** 미래M&B
책임편집 황인석 **디자인** 서정민 **영업관리** 장동환, 김하연
등록 1993년 1월 8일(제10-772호) **주소** 서울시 마포구 동교로 134(서교동 464-41) 미진빌딩 2층
전화 02-562-1800(대표) **팩스** 02-562-1885(대표)
전자우편 mirae@miraemnb.com **홈페이지** www.miraeinbooks.com

ISBN 978-89-8394-736-9 03840

*잘못 만들어진 책은 구입처에서 바꾸어 드립니다.
*미래인은 미래M&B가 만든 단행본 브랜드입니다.

진실도 때로는 우리를 다치게 할 때가 있다.
하지만 그것은 머지않아 치료를 받을 수 있는 가벼운 상처이다.
—앙드레 지드(소설가)

차례

"1"
노숙자

노숙자는 석 달 넘게 학교 보일러실에서 잠을 잤다고 주장했다. "주말이 제일 좋았지. 학교 안에 아무도 없으니까. 심지어 수위조차 안 보이더라구. 남자 탈의실에서 샤워도 한두 번 했어. 그런 날엔 정말 행복했지."

타라는 포도알 하나를 입에다 넣고는 계속 읽었다.

그는 1층 환기구를 통해 건물로 들어왔다. 매일 밤 어두워지면 덮개를 들어내고 몸을 굽혀 학교 지하로 들어온 뒤 덮개를 제자리에 당겨놓았다. 그의 은신처는 우연히 발견되었다. 지난주에 환기구 덮개가 떨어져 나가고 없었는데 희한하게도 스컹크 한 마리가 학교 안을 돌아다니다가 그쪽으로 다가갔다. 학생들과 선생님들이 덮개를 찾으려고 비명을 지르며 뛰어다니자 스컹크는 왔던 길로 쏜살같이 달아났다. 뒤따라갔던 관리인이 보일러 뒤에서 노숙자가 임시로 만든 침대를 발견했다. 경찰이 왔고 그날 밤늦게 건물에 들어온 노숙자를 체포했다. 스컹크는 감쪽같이 사라졌다.

"헐, 스컹크 덕분이네. 근데 그 사람 좀 안됐다. 아무한테도 피해를 안 줬잖아. 그냥 잠잘 곳이 필요했을 뿐인데."
타라가 신문을 내리며 말했다.
나는 손가락으로 신문을 가리켰다.
"계속 읽어봐."

학교 이사회는 노숙자를 고발하지 않기로 했다. 노마 스완슨 이사는 시의회 회의에서 이 이야기를 언급했다. 그녀는 의원들에게 이 문제를 조사하라고 강력히 촉구했다. "우리 지역사회의 불행한 사람들에게 필요한 쉼터와 무료 급식소가 충분하지 않다면, 뭔가 대책을 세워야만 합니다."

"스완슨 이사의 말이 받아들여지면 좋겠다."

타라가 신문을 내려놓으며 눈을 동그랗게 뜨고 나를 바라보았다.

"이 기사 대박이다, 로렐!"

나는 〈뉴욕타임스〉 수준은 안 되지만 문장을 제법 근사하게 엮을 줄은 안다.

"맞아, 장난 아니지?"

내가 웃으며 대답하자 타라가 못을 박듯 말했다.

"하지만 네가 근사한 기사를 써서 놀란 게 아닌 건 알지? 평소에 쓰던 기사랑 달라서 놀란 것뿐이야."

나는 한숨을 쉬며 말했다.

"나도 알아. 학교 댄스파티가 어떻다는 둥, 누가 누구랑 그렇고 그런 사이라는 둥. 그런 기사랑 비교하면 이건 분명히 의미심장한 기사야."

"빙고! 바로 그거야. 이런 게 뉴스지!"

타라가 맞장구를 쳤다.

나는 웃으며 말했다.

"맞아. 고마워, 타라."

"별말씀을. 근데……."

타라가 얼굴을 찡그렸다.

"너, 이 기사 어디서 났어? 이걸 어떻게 알아낸 거야? 스컹크 얘기는 나도 들었지만 노숙자 얘기는 처음 듣거든."

나는 혀를 쯧쯧 차면서 놀란 척했다.

"설마 내가 출처를 밝힐 거라고 기대하는 건 아니겠지?"

"왜, 난 알면 안 돼?"

나는 어깨를 으쓱하며 말했다.

"행운과 도청의 조합이라고나 할까? 스컹크 사건 다음 날, 벤슨 선생님이 교무실에 가서 클립을 가져오라고 하셨어. 비서가 없어서 기다리고 있는데 와인스 교장선생님이 교장실에서 어떤 여자랑 얘기를 하고 있더라. 문이 활짝 열려 있어서 대화가 다 들리지 뭐야."

"무슨 얘기를 하고 있었길래?"

타라가 호기심 가득한 표정으로 물었다.

"노숙자 얘기. 교장선생님은 그 사람을 쫓아낸 게 얼마나 안

타까운지 모르겠다고 하셨어. 아무 데도 갈 곳이 없는 사람이었대."

"여자는 누구였는데?"

"이제 알게 될 테니까 잠자코 들어봐. 그 여자는 다음번 시의회 회의 때 그 일을 안건으로 올리겠다고 했어."

타라가 입술을 잘근잘근 깨물며 말했다.

"아… 스완슨 이사였구나."

나는 어쩔 수 없이 고개를 끄덕였다.

"맞아. 그래서 난 다음번 시의회 회의 날짜를 알아내 찾아갔지. 스완슨 이사의 차례를 기다리면서 시민들의 불만 사항을 반은 들었을걸. 한 시간 넘게 가로등이니 과속 방지턱이니 하는 얘기만 들었는데, 따분해 죽는 줄 알았어."

"우와! 너 이거 진짜 발로 뛰어서 썼구나. 근데 노숙자가 남자 탈의실에서 샤워를 한 건 어떻게 알아냈어? 로렐 퀸, 너 혹시 지어낸 건 아니겠지, 그치?"

난 어이가 없었다. 얘, 내 친구 맞아?

"아니거든! 그냥 수업 마치고 두 시간쯤 주위를 서성거렸어. 어쩌면 그 사람이 다시 올지도 모른다고 생각했거든."

13

"그래서 정말 왔어?"

나는 고개를 끄덕였다.

"학교에 들어오진 않았지만 오긴 왔어. 처음엔 그 사람인지 아닌지 확실히 모르겠더라. 하지만 꾀죄죄한 차림새로 학교 밖에 서서 10분 동안이나 환기구만 뚫어지게 바라보는 사람이 얼마나 되겠니? 그 불법 거주자가 틀림없었어. 그래서 그 사람한테 가서 말을 걸었지."

"안 무서웠어? 그 사람이 순순히 대답해줄 리 없잖아."

"어라! 그런 생각은 전혀 못 했는데. 어쨌든 아무 일도 없었어. 실은 그 사람, 꽤 괜찮더라. 내 질문에 다 대답해줬거든. 5달러밖에 없었지만 다 줬어. 뭐 따뜻한 거라도 사 먹었으면 해서. 그 사람, 추워 보였고 정말 삐쩍 말랐더라."

타라가 똑바로 앉으며 말했다.

"네가 기자라는 건 알지만, 다시 예전처럼 배구 경기나 학교 토론 같은 시시껄렁한 얘길 기사로 쓰려면 장난 아니게 괴롭겠다. 그치?"

수업 종이 울리는 바람에 나는 대답하지 못했다.

하지만 나는 타라가 한 말에 대해 진지하게 생각하고 있었다.

14

이제 평범한 학교 행사를 보도하는 건 눈꼽만큼도 재미없을 것이다. 언론의 참맛을 알아버렸기 때문이다.

"2"
찾아온 기회

신문은 점심시간에 나왔다. 교실로 돌아가는데 벌써 모두들 내 기사를 읽은 모양이었다. 사물함으로 가는 길이 레드카펫 위를 걷는 것 같았다. 몇 발짝 옮길 때마다 애들이 축하 인사를 건네 왔다. 심지어 내가 모르는 애들까지.

"기사 정말 좋더라, 로렐."

"진짜 잘 썼던데."

"끝내주더라. 짱이야, 로렐."

나는 웃음을 그칠 수가 없었다. 사람들이 내 기사를 읽고 좋아해주다니. 심지어 잭 오빠조차 기사에 대해 칭찬해주었다.

나는 헛것을 본 줄 알았다. 우리는 틀림없는 남매지만 잭 오빠는 학교에서 나란 애가 있는지도 모르는 사람처럼 군다. 그런 오빠가 지금 내 사물함 문에 기댄 채 나를 보고 빙그레 웃고 있었다.

"잘했어, 동생."

오빠가 말아 쥐고 있던 신문으로 내 머리를 톡 때렸다.

"멋진 기사야. 난 인간적인 감정을 불러일으키는 기사가 좋더라. 대단했어."

"고마워."

나는 대답했다. 하지만 하루라도 오빠를 놀리지 않고 넘어가는 건 있을 수 없는 일이기 때문에 한 마디 덧붙였다.

"오빠가 읽을 줄도 아는지 몰랐네!"

오빠가 퉁명스럽게 나를 보았다.

"웃기시네. 내가 최고의 두뇌가 아닌데도 우리나라 대학의 절반이 날 뽑았겠냐?"

나는 눈을 굴렸다.

"오빠가 농구 경기에서 골만 넣을 수 있다면 그 사람들은 오빠한테 두뇌가 없어도 신경 안 쓸걸. 어디 봐… 딘이 오빠에 대해 쓴 기사 봤구나."

나는 오빠의 손에서 신문을 낚아채서 펼쳤다.

"아하! 그럼 그렇지."

나는 손등으로 그 페이지를 탁 치고 머리기사를 읽었다.

바튼 고등학교의 선배, 위대한 운명으로 나아가다

나는 혀를 쯧쯧 찼다.

"사랑하고 사랑하는 오빠, 여기 적힌 걸 다 믿지는 마. 딘은 뭐든 과장하는 경향이 있거든."

"뭐가 어쩌고 어째?"

오빠는 얼굴을 찡그리면서 신문을 도로 움켜쥐었다.

"여기 적힌 거 전부 사실이거든! 난 NCAA(미국 대학 체육 협회: 옮긴이) 대학 여섯 곳에 합격한 사람이야. 그 대학들 모두 나한테 장학생을 제안했다구. 애리조나, 오리건, 워싱턴, 오클라호마⋯ 이제 나한테 딱 맞는 곳을 결정할 일만 남았지."

나는 또 한 번 눈을 굴렸다.

"내가 미쳐. 오빠한테 딱 맞는 곳은 한 군데도 없다니까. 하지만 사람들이 그걸 깨달았을 땐 이미 늦었겠지. 오빠 벌써 거기 가 있을 테니까."

"너 말 다 했냐?"

"오빠가 더 할 말 없으면 난 이만."

나는 오빠를 떠밀었다.

"이제 여기서 나가시지. 누가 보고 우리 관계를 눈치채기 전에 말이야. 오빠 때문에 내 명성을 망치긴 싫으니까."

"오, 그러셔?"

오빠는 콧방귀를 뀌고는 으스대며 걸어갔다.

사실 오빠는 감히 따라갈 수 없을 만큼 대단한 사람이고, 나는 그런 오빠가 자랑스럽다. 오빠 앞에서는 절대로 인정하지 않겠지만 이건 진심이다. 오빠는 진짜로 똑똑하다. 거의 모든 과목에서 A를 받는 우등생이고 잘나가는 농구선수이기도 하다. 여자애들을 포함해서 우리 학교의 모든 사람이 몽땅 오빠를 좋아한다.

그래서, 그렇기 때문에 나는 기회가 생길 때마다 오빠를 비웃어줘야 한다는 의무감에 이끌린다. 안 그러면 오빠는 너무 자만심에 빠져서 콧대가 하늘을 찌르게 될지도 모르니까.

그런데 자만심에 빠지긴 나도 마찬가지였다. 나는 중요한 기사를 썼고 모든 사람들이 그걸 읽었다. 내가 학교신문사에 들어간

이유가 딱 하나, 오빠가 해보지 못한 일을 하기 위해서였다는 걸 생각하면 정말 짜릿한 일이었다.

학교에서 전설적인 인물의 동생이 혼자 힘으로 새로운 길을 개척하기는 매우 어렵다. 내가 해보려는 거의 모든 일을 오빠가 이미 해버렸다. 그것도 아주 잘.

하지만 지금, 쓸데없는 것에 대해 의미 없는 기사를 몇 달씩이나 쓰고 나서, 나는 드디어 돌파구를 찾았다. 마음이 한껏 부풀어서 발이 땅에 닿지 않는 것 같았다. 오후 내내 둥둥 떠다니는 기분이었다.

집에 돌아와 보니 진입로에 엄마 차가 없는데 현관문이 열려 있었다. 이것의 의미는 단 하나, 오빠가 나보다 먼저 집에 온 것이다. 아니, 오빠랑 숀이 나보다 먼저 집에 온 거라고 해야 정확하다. 숀 리거는 오빠의 아주 오랜 절친이다. 둘은 농구를 하고 있지 않다면 거실에서 텔레비전 앞에 드러누워 있을 것이다. 맹세하건대 숀은 자기 집보다 우리 집에서 더 많은 시간을 보낸다.

둘은 에어하키 게임(둥근 채로 퍽을 쳐서 상대방 진영에 넣는 게임:옮긴이)에 빠져서 내가 들어온 것도 몰랐다. 우리 집에서 값나가는 물건들을 들고 도망쳐도 모를 것이다.

둘이서 웃고 고함치는 통에 나는 소리를 질러야 했다.

"엄마는?"

"약국에!"

숏을 쏘면서 오빠가 소리쳤다.

"숏, 골입니다!"

오빠는 팔을 휘두르며 승리의 춤을 추었다.

못 봐주겠다는 듯 숀이 고개를 내저었다.

"흥, 뭐 그리 대단한 숏이라고."

그러자 오빠는 소파에 털썩 주저앉으며 웃었다.

"이봐, 친구! 이것도 실력이라구, 실력! 배가 아프면 아프다고 하시지?"

숀이 배를 문지르며 말했다.

"배가 아픈 게 아니라 고프다! 뭐 먹을 거 좀 없냐?"

그러고는 냉장고로 가면서 내 머리를 헝클어뜨렸다.

"꺼져!"

나는 숀을 밀쳐냈다.

"이런, 이런. 방금 내가 들은 게 위대한 기자의 입에서 나온 말

맞나?"

숀이 씩 웃으며 말했다.

"그래서, 뭐?"

나는 웃음을 참느라고 웅얼거렸다.

"농담 아니고 기사 진짜 좋던데. 맘에 들었어."

"다음 내리실 곳은 글로브&메일(캐나다의 대표적인 일간신문:옮긴이)입니다."

오빠가 나를 놀리는 소리였다.

"아참, 깜빡할 뻔했네. 너한테 메시지 와 있어. 글로브&메일은 아니고 아일런더(지역신문 이름:옮긴이)에서 누가 전화했더라."

"낚시 괜찮네. 낚시TV야?"

나는 퉁명스레 쏘아붙였다. 난 오빠를 잘 안다. 오빠한테 속아 넘어갈 내가 아니다.

"진짜야. 농담 아니라니까."

오빠는 정색을 하더니 수화기를 집어 들고 메시지 버튼을 누른 뒤 나한테 내밀었다.

"네가 직접 들어봐."

여전히 오빠를 믿지 못했지만 수화기를 받았다.

발신음이 들릴 거라고 생각했는데 정말로 〈아일런더〉에서 메시지가 와 있었다. 편집국장이었다. 자기 딸이 우리 학교에 다니는데 점심시간에 신문을 집에 가져왔다고 했다. 덕분에 내 기사를 읽었고, 그에 관해 나와 얘기하고 싶다고 했다.

나는 잽싸게 번호를 적고는 전화를 걸기 위해 부리나케 내 방으로 달려갔다.

얼떨떨했다. 〈아일런더〉에서 내가 쓴 불법 거주자 기사를 싣고 싶단다! 기사는 금요일자 신문에 실리고 게다가 원고료도 받게 된다. 고작 25달러밖에 안 되지만 어쨌든 유급 기고자가 된 것이다.

더 대박인 건 편집국장이 내가 앞으로 쓸 기사에도 관심이 있다고 말했다는 사실이다.

나는 너무 흥분해서 당장이라도 기사를 쓰고 싶었다.

하지만 문제가 있었다.

쓸거리가 없었다.

"3"
굴러들어온 기삿거리

월요일 아침까지도 나는 유명 인사였다. 모두 다 〈아일런더〉에 실린 내 기사를 본 모양이었다. 와인스 교장선생님까지 아침 방송 시간에 그 얘기를 하셨다.

나는 당황스러우면서도 황홀했다. 어떤 표정으로 무슨 말을 해야 할지 알 수가 없었다.

오후에 수학 시험이 있다는 게 차라리 다행이었다. 그 덕에 나한테 갑자기 쏠린 관심을 잠시나마 잊을 수 있었다. 시험공부를 제대로 안 했으니 불안해야 정상이겠지만 나는 그렇지 않았다. 내 생각에 수학은 알든가 모르든가 둘 중 하나이고 내 수학 실력은 꽤 괜찮은 편이기 때문이다.

시험이 시작되기 전에는 언제나 심장박동이 빨라진다. 그러나 일단 시험이 시작되기만 하면 금세 괜찮아져서 흥분이 가라앉고 집중할 수 있게 된다. 즉 처음 몇 초 동안의 공포만 잘 견디면 되는 것이다.

"OMR 답안지에 이름을 쓰고 내가 시작하라고 할 때까지 문제지는 엎어놓습니다."

애버내시 선생님이 문제지를 나눠주며 말했다.

"문제를 풀 때 계산기나 메모지는 사용해도 됩니다. 답은 답안지에 연필로 표시하세요. 문제마다 답을 골라 보기 다섯 개 중 한 개에 까맣게 칠하면 됩니다. 한 번 더 말합니다. 절대로 문제지에다 답을 적지 마세요. 질문 있는 사람?"

선생님이 교실을 빙 둘러보았다.

아무도 손을 들지 않았다.

"좋아요. 시험 시간은 이번 시간 마칠 때까집니다."

시험 시간이 계속 줄어들고 있었다. 나는 시계를 힐끔 쳐다보았다. 이제 35분밖에 남지 않았다.

"시작합니다."

그 말과 동시에 스물다섯 장의 문제지가 홱 뒤집어졌다.

나는 바로 마지막 페이지로 넘어갔다. 전부 서른 문제니까 한 문제에 1분 정도면 된다. 다행히 이번 시험은 찍기가 가능한 유형이다. 선생님들은 이걸 선다형 시험이라는 그럴듯한 이름으로 부르지만 솔직히 말해 대부분의 아이들은 답을 찍는다.

나는 학생들이 머리를 써서 답을 만들어내야 하는 서술형 시험이 더 좋다고 생각한다. 하지만 서술형 시험은 선생님들이 직접 일일이 채점을 해야 한다. 그렇지 않아도 온갖 잡무에 시달리는 선생님들에겐 정말이지 성가신 일이 아닐 수 없다. 반면에 선다형 시험은 답안지를 스캐너에 집어넣기만 하면 된다. 그걸로 채점 끝이니, 이 얼마나 간편한가.

나는 시험을 치는 나만의 방식이 있다. 먼저 어떤 유형의 문제들이 나왔는지 쓱 훑어보는데, 그렇게 하면 시간을 어떻게 써야 할지 알 수 있다. 그 다음엔 확실하게 아는 문제부터 빨리 푼다. 핵심은 문제를 최대한 많이 푸는 것이다. 어떤 애들은 어차피 풀지도 못할 문제 하나에 너무 많은 시간을 써버린다. 그건 정말 멍청한 짓이다. 나는 어려운 문제는 뒤로 미뤄둔다. 그리고 도저히 모르겠으면, 히히히~ 찍는다.

시간이 10분 정도 남았다. 두 문제만 빼고는 그럭저럭 다 풀었는데 웬일인지 머리가 잘 돌아가지 않았다. 남은 두 문제는 고등학교 1학년 문제치고는 난이도가 너무 높은 것 같았다. 신이시여, 어찌하여 저에게 이런 시련을 주시나이까? 그저 난감하기만 했다. 결국 나는 문제지에서 눈을 떼고 허공을 바라보면서 문제를 이해하기 위해 머리를 굴렸다.

나는 눈을 크게 뜨고 있었지만 사실 뭘 보고 있지는 않았다, 적어도 처음에는.

그런데 그때 내 시야의 왼쪽 귀퉁이에서 무언가가 꼼지락거렸다. 나는 그것에 시선을 집중했다.

그건 손이었다.

데일 피어슨의 손.

데일은 손을 몸에 딱 붙인 채 의자 높이로 들고 있었는데 엄지손가락은 집어넣고 네 손가락은 쫙 편 상태였다. 내가 지켜보는 동안 데일은 주먹을 쥐었다가 다시 폈다. 이번에는 손가락 한 개가 보였다. 그렇게 몇 초 동안 있다가 다시 주먹을 쥐었다. 데일이 다시 손을 폈을 때는 다섯 손가락이 모두 펴졌다.

이건 분명 손가락 경련이 아니었다. 습관적인 손가락 장난도 아니었다. 데일은 지금 누군가에게 신호를 보내고 있는 것이다.

나는 주위를 둘러보았다. 두 줄 뒤에서 재럿 베일리가 데일의 손을 지켜보고 있었다. 데일이 손가락 모양을 바꿀 때마다 재럿은 자기 답안지에 표시를 했다.

땡! 땡! 땡!

머릿속에서 종소리가 울리기 시작했다. 재럿은 D가 뻔한 학생이고 데일은 B를 받는 학생이다. 그리고 둘은 절친이다. 분명 컨닝을 하고 있는 게 확실했다.

걔들이 쓰는 방법은 바보가 아닌 이상 누구나 금방 알아차릴 수 있을 만큼 단순했다. 손가락 하나는 1번, 두 개는 2번, 그렇게 해서 다섯 손가락은 5번이 되겠지.

나는 믿을 수가 없었다. 애들이 컨닝을 한다는 건 알았지만 내가 실제로 본 건 처음이었다.

"1분 남았습니다, 여러분."

애버내시 선생님이 로봇 같은 목소리로 남은 시간을 알려주었다.

1분! 이제 문제를 마저 풀 시간은 없었다. 단지 잘 찍었기를 바랄 뿐.

28

그래도 크게 걱정되지는 않았다. 두 문제를 틀려도 별로 해로울 건 없었다. 나는 무사히 시험을 통과할 테니까.

게다가 놓친 점수도 가치는 있었다.

이제 다음 기삿거리를 찾은 것이다.

"4"
슬픈 배신자

컨닝에 관한 기사는 술술 써졌다. 머릿속이 생각으로 들끓었고 단어가 마구 쏟아져 나왔다. 기사가 프린트되는 걸 기다리기도 힘들 정도였다.

아이들이 수학 시간에 컨닝을 하고 있다면 다른 과목에서도 그럴 게 분명하다. 진짜로 큰 문제를 우연히 발견한 것이다. 아마 대부분의 학생들은 이런 문제가 있는지도 모를 것이다. 그리고 〈아일런더〉의 편집국장은 분명 이번 기사에 열광할 것이다.

신문이 나올 때 나는 치과에 있었고 학교에 돌아왔을 때는 점심시간이 끝나 있었다. 나는 최대한 조용히 수학 교실로 들어가서 애버내시 선생님께 지각 사유서를 드렸다. 그러고는 내 자리로 가려고 돌아서다가 멈칫했다. 아이들이 모두 나를 노려보고 있었다. 내가 수업을 방해해서 그냥 찌푸린 정도가 아니라 엄청나게 비난하는 눈빛이었다.

나는 뛰고 싶었지만 젖 먹던 힘까지 다해 아무 일도 없는 것처럼 내 자리로 걸어갔다. 자리에 앉아서는 책을 펴고 열심히 공부하는 척했다.

하지만 소용없었다. 교실에 있는 모든 사람이(아마 애버내시 선생님만 빼고) 나를 죽일 듯이 쏘아보는 눈길이 그대로 느껴졌다.

도대체 왜들 이러지?

재럿 베일리가 연필을 깎으려고 일어났다.

재럿은 내 옆을 지나가면서 책상 위에 무언가를 떨어뜨리고는 나직이 내뱉었다.

"배신자."

나는 책상을 내려다보았다. 그건 학교신문을 복사한 종이였는데 내 기사에 검은색으로 크게 X자가 그어져 있었다.

입이 바싹 마르고 가슴이 철렁했다. 나는 한순간에 영웅에서 악당으로 공간 이동한 것이 확실했다.

"도저히 이해가 안 돼."

학교를 마치고 집으로 걸어가면서 나는 타라와 리즈한테 불평을 늘어놓았다.

"나랑 수학 수업을 같이 듣는 애들 전부 다 날 미워해! 너네도 걔들 표정을 한번 봤어야 하는데. 재럿이 배신자라고 한 거 빼곤 나한테 아무도, 단 한 명도 말을 안 해. 종이 울리면 내가 전염병 환자라도 되는 것처럼 모두들 날 무시하고 나가버려."

리즈가 콧방귀를 뀌면서 들고 있던 책을 다른 팔로 옮겼다.

"그럼 뭘 기대한 건데? 꽃가루 퍼레이드라도 바란 거니?"

"그게 무슨 소리야?"

내가 묻자 타라가 혀를 쯧쯧 찼다.

"생각해봐, 로렐. 넌 반 친구들을 밀고한 거잖아."

"안 그랬어! 난 컨닝한 애들 이름은 안 밝혔거든. 그냥 컨닝을 했다고만 썼단 말이야."

내가 반박했지만 타라와 리즈는 여전히 못마땅한 표정이었다.

"그래, 좋아. 재럿과 데일이 나한테 화가 난 건 이해해. 걔들은 더 이상 컨닝을 못 하겠지. 이제부턴 애버내시 선생님이 철저히 감시할 테니까."

나는 이맛살을 찌푸리며 말을 이었다.

"그치만 다른 애들은 왜 그러는 건데?"

그러자 타라가 눈을 굴리며 대꾸했다.

"왜냐면 애버내시 선생님이 다른 애들까지 몽땅 살벌하게 감시할 테니까."

"그게 어때서?"

"그건 모두가 용의자가 된다는 뜻이잖아. 그러니까 너만 빼고."

그제야 타라의 말이 이해되었다.

"맙소사. 난 진짜 진짜 그런 생각은 못 했어."

그건 진심이었다. 내가 쓴 기사가 반 친구들을 삼엄한 감시망 안으로 몰아넣을 거라곤 눈곱만큼도 생각하지 못했다.

"그건 그렇고, 도대체 그 기사를 왜 쓴 거니?"

리즈가 책을 다시 옮겨 안으면서 물었다.

나는 놀라서 눈을 껌벅였다.

"너 농담하는 거지, 응?"

리즈는 고개를 저었다.

"리즈! 애들이 컨닝을 하고 있단 말이야!"

33

하지만 리즈는 어깨를 으쓱할 뿐이었다.

나는 믿을 수가 없어서 다시 소리쳤다.

"리즈!"

"야, 로렐. 너 왜 이래? 컨닝이 뭐 대단한 범죄라도 되니? 컨닝은 은행 강도랑 다르잖아."

타라가 반박했다.

나는 잔뜩 약이 올랐다.

"아니거든! 둘 다 나쁜 일이잖아? 시험에서 컨닝하는 거나 은행을 터는 거나 다른 게 뭐지?"

"헐! 그치만 너도 남의 답을 베낀 적이 한 번은 있을 거 아냐?"

나는 고개를 저었다.

"아니."

그러자 타라가 코웃음을 치며 말했다.

"네 말은 믿지만, 누구나 다 컨닝을 해."

나는 한 번 더 고개를 저었다.

"전부 다는 아냐. 난 안 하니까."

나는 리즈를 가리키며 덧붙였다.

"리즈도 안 해."

확실치는 않았지만 나는 그럴 거라고 짐작했다. 리즈는 우리 학년에서 가장 똑똑한 아이다. 선생님들이 숙제를 내주지 않으면 리즈는 스스로 숙제를 만들었다. 리즈를 알고 지낸 동안(초등학교 5학년 때부터) 리즈가 책을 한 아름 안지 않은 채 집에 가는 걸 본 적이 없었다.

그래서 리즈가 이렇게 대답했을 때 나는 깜짝 놀랐다.

"그래, 맞아. 난 한 번도 다른 사람의 답을 베끼지 않았어. 운 좋게도 그럴 필요가 없었지. 하지만 다른 애들이 내 답을 베끼게 는 해줬어. 자주는 아니야. 누군가 약간 도움이 필요하다는 걸 알았을 때만."

"그건 돕는 게 아니야. 컨닝일 뿐이라구!"

나는 리즈한테 따졌지만 놀랍게도 리즈는 빙긋 웃었다.

"아유, 말도 안 돼, 로렐. 너무 심각하게 생각하진 마. 별거 아 니야. 그냥 누군가가 시험 점수를 조금 더 받는 것뿐이야. 그게 뭐 어때서? 그런다고 세상이 뒤집어지는 건 아니야. 그냥 친구를 도와주는 것뿐인데 뭐."

"네가 그렇게 말할 줄은 정말 몰랐다."

"왜?"

"왜냐면 넌 똑똑하니까. 넌 의사나 변호사나 국무총리나 뭐 그런 대단한 사람이 될 거니까. 그런 네가 왜 컨닝하는 애들을 도와주는 건데?"

리즈는 그저 한숨을 쉬었다.

"그건 별로 중요한 일이 아니기 때문이지. 학교에서 일어나는 일은 학교에서만 중요한 거야. 진짜 세상에서는 상관없어."

친구들의 태도에 놀라지 않았다고 한다면 그건 거짓말이다. 나는 그 기사를 쓰는 게 옳은 일이라고 생각했다. 하지만 아무도 그렇게 생각하지 않았다.

오빠는 어떻게 생각하느냐고 물어보니 오빠도 내가 과잉 반응을 보이는 거라고 대답했다.

바튼 고등학교에서 옳고 그른 것의 차이를 아는 사람이 나밖에 없단 말인가?

아니면 리즈와 타라가 옳은 건가?

아무것도 아닌 일에 내가 화를 내고 있는 건가?

나는 알아야 했다. 그리고 어떻게 해야 좋을지도 알아야 했다.

학교신문사 편집장을 설득하는 데는 약간의 애원이 필요했다.

하지만 마침내 편집장은 다음 호에 컨닝에 대한 설문조사를 실으라고 승낙했다.

월요일 아침, 나는 곧장 편집실로 향했다. 문에 달린 창 너머로 우편물 투입구 아래 바닥에 흩어져 있는 종잇조각들이 보였다. 앗싸! 아이들이 설문지를 작성해준 것이다.

나는 안으로 들어갔다. 설문지 조각들을 탁자 위로 다 옮길 필요도 없었다. 어지러운 바닥 한복판에 그냥 털썩 주저앉았다.

나는 설문지들을 몇 무더기로 나누었다. 하지만 결과는 상당히 실망스러웠다. 가장 많이 체크된 항목은 '관심 없음'이었다. 몇몇 학생은 '약간 관심 있음'을 골랐다. '컨닝에 대해 몰랐음'을 고른 것도 몇 장 있었다. 딱 두 학생만이 '매우 관심 있음'에 체크했다.

많은 학생들이 의견을 썼는데 대부분 우호적이지 않았다.

'나대지 마라!'

'니가 뭔데?'

'완전 재수 없어.'

이런 글은 친절한 축에 속했다.

나는 한숨을 쉬었다. 이건 내가 바라던 게 아니었다.

그때 그게 보였다. 그건 그냥 다른 종이들과 같았지만 아무 데

도 체크 표시가 없었다. 대신 빨간색 매직펜으로 휘갈겨 쓴 글씨
가 있었다.

드레이퍼 선생님 반의 OMR 시험.

대규모 사기.

"5"
증거를 찾아라

드레이퍼 선생님에 대해 듣긴 했지만 아는 것은 거의 없었다. 좀 웃기게 들리겠지만 선생님은 교실에 서 있지 않으면 알아볼 수가 없다. 아마 복도에서 그 선생님을 백 번도 넘게 지나쳤겠지만 어떻게 생긴 분인지는 말할 수가 없다. 내가 아는 거라곤 그 선생님이 3학년 수학과 생물을 가르친다는 것뿐이다. 이 정도 아는 것도 수소문을 해보았기 때문이다.

내 정보원은 심각한 컨닝이 드레이퍼 선생님 반에서 벌어진다고 했다. 아마 많은 학생들이 관련되어 있을 것이다. 이 사기는 OMR 시험, 정답 번호를 까맣게 칠하는 답안지와 관련 있다. OMR 시험은 기계로 채점을 하니까 어딘가에 선생님이 채점용으로 만들어둔 정답지가 있을 것이다. 나는 누군가가 정답지를 찾아서 복사해 돌렸을 거라고 짐작했다.

하지만 그건 어디까지나 추측일 뿐이고 증거가 없었다. 종잇조각에 갈겨쓴 글을 근거로 기사를 쓸 수는 없다. 〈아일런더〉는 그런 기사를 절대 실어주지 않을 것이다. 그러니 드레이퍼 선생님 반의 학생들이 컨닝을 한다는 걸 증명해줄 증거물을 찾아내야 한다.

그때 번쩍 하고 방법이 떠올랐다. 바로 그거야, 성적! 컨닝을 한 학생들은 다른 반 학생들보다 분명 성적이 좋을 것이다.

하지만 이 또한 증거가 필요하다. 증거를 얻기란 결코 쉽지 않을 것이다. 학생들에게 일일이 성적을 묻고 다닐 수는 없는 노릇이다. 또 선생님들은 내가 성적기록부를 훔쳐보도록 놔두지 않을 것이다.

가만있자. 교무실은 어떨까? 우리 학교에 다니는 모든 학생들의 성적이 컴퓨터에 저장돼 있다. 그렇다고 교무실에 몰래 들어가 성적표를 프린트해 나올 수는 없다. 어쩌면 기사 작성에 필요한 자료라는 말로 교장선생님을 납득시켜 성적표를 얻어낼 수 있을지도 모른다. 그런데 어떤 기사를 쓴다고 해야 학생들의 성적

기록을 살펴볼 수 있을까?

오빠한테 조언을 구할까 생각했지만 어떻게 말을 꺼내야 할지 알 수가 없었다. 오빠는 요즘 농구 장학생으로 들어갈 대학을 결정하는 데 몰두해 있었다. 오빠는 틈만 나면 대학에 관한 이런저런 얘기를 쉴 새 없이 늘어놓았고, 자기 이야기를 들어주는 사람이면 누구와도 토론을 벌였다. 오빠의 관심은 온통 '어느 대학을 골라야 할까?'밖에 없었다.

잠깐만, 그거야. 대학! 성적과 대학 진학의 연관성에 대해 기사를 쓰고 있다고 말하면 되는 것이다.

나는 이 계획을 타라한테 말해보았다. 하지만 타라는 듣는 둥 마는 둥 했다.

"컨닝 얘기는 잊어버려. 그건 틀림없이 거짓말이야. 아마 어떤 애가 널 골탕 먹이려고 지어냈을 거야. 그러지 말고 대학 진학 얘기나 써보지 그러니? 좋은 기사가 될 텐데. 교무실에서 기록을 얻을 수만 있다면 말이야."

타라는 내가 기록을 절대 못 얻을 거라고 생각하는 것 같았다.

"교장선생님이 애들 이름이 나와 있는 기록을 주시진 않을 거야. 그 정도는 나도 알아."

나는 인정했다.

"하지만 과목별 성적 일람표는 주실지도 몰라."

"그게 무슨 소용이 있어? 어느 성적이 누구 건지도 모르면서 어떻게 그 과목 선생님을 알아낼 건데?"

타라의 말도 일리가 있었다. 하지만 나는 굴하지 않았다.

"과목별 명단도 함께 얻어낼 수 있는 핑계를 생각해봐야지."

타라가 얼굴을 찡그렸다.

"그건 또 무슨 소용이 있는데?"

나는 빙긋 웃었다.

"간단해. 성적 일람표는 알파벳 순서로 돼 있을 거야. 과목별 명단을 합쳐서 하나의 목록으로 만든 다음 그걸 알파벳 순서로 정리하는 거지. 그러고 나서 목록 두 개를 맞춰보면 딩동댕! 누가 어떤 성적을 받았는지, 그리고 누가 어느 선생님의 수업을 듣는지 알게 되겠지."

타라가 무슨 말을 할 것처럼 입을 열었지만 "헐, 대박~!"이라는 소리밖에 나오지 않았다. 타라가 나의 총명함에 감동을 받은 것인지, 아니면 나의 비열함에 충격을 받은 것인지는 확실히 알수 없었다.

타라한테는 완벽하게 설명했지만 교장선생님을 납득시키기는 어려울 것이다. 하지만 시도해볼 만한 가치가 있다는 생각이 들었다. 그래서 화요일에 수업을 마치고 교장선생님을 찾아뵙기로 했다. 마지막 영어 수업시간은 교장선생님께 뭐라고 말할까 고민하면서 시간을 보냈다.

교장실에 있었던 건 고작 5분이지만 한 시간은 흐른 것 같았다. 나는 거짓말을 잘 못한다(내 생각엔 연습 부족 탓이다). 그래서 정말 긴장되었다. 자리에 앉자마자 등줄기에서 식은땀이 주르륵 흘러내렸다. 얘기를 끝내고 일어섰을 때는 티셔츠가 등에 들러붙어 있었다.

교장선생님은 별말씀을 하지 않으셨다. 그저 의자에 기대앉아 양 손가락을 마주 붙이고 고개만 끄덕거리셨다. 그래서 나는 그냥 계속 얘기했다.

얘기가 끝났을 때 내가 뭐라고 했는지 하나도 기억나지 않았다. 그래도 그럭저럭 이야기를 잘한 모양이다. 왜냐하면 다음 날 오후 교장선생님이 나를 교장실로 불러서 부탁한 자료를 몽땅 주셨기 때문이다.

"바튼 고등학교 학생들은 자랑스러운 역사를 이어왔다."

교장선생님은 서류철 안에 종이를 넣으면서 말씀하셨다.

"통계에 따르면 캐나다 고등학교 졸업생 중 33퍼센트가 대학에 진학하는데, 바튼 고등학교는 전국 평균보다 훨씬 높았다. 작년에 우리 학교 졸업생의 39퍼센트가 대학에 갔지. 올해는 그 수치가 더 높아질 거라고 예상한단다."

교장선생님은 서류철에서 종이 한 장을 꺼내 보여주셨다.

"이건 네가 부탁한 자료는 아니지만, 내 생각엔 틀림없이 너한테 도움이 될 거다. 이건 작년 3학년과 올해 3학년 학생들의 성적을 비교한 자료란다. 너도 보면 알겠지만 수학과 생물의 평균 점수가 상당히 높아졌어."

순간 내 귀가 번쩍 뜨였다. 바로 내가 바라던 얘기였다. 학생들이 그 두 과목에서 컨닝을 했으니 평균 점수가 올라갈 수밖에.

당연히 교장선생님께는 그런 말을 하지 않았다.

나는 그냥 고개를 끄덕이면서 우물거렸다.

"흥미로운 사실이네요."

종이를 서류철에 도로 끼워 넣은 뒤 교장선생님은 나한테 서류철을 건네주셨다.

"이게 네 기사에 도움이 됐으면 좋겠구나. 기대하고 있으마."

나는 속으로 뜨끔했다. 교장선생님은 왜 이런 말씀을 하시는 거지? 이제 정말 이 자료로 대학 진학 기사를 써야만 할 것 같았다.

나는 억지로 웃었다.

"감사합니다, 교장선생님. 이 자료가 확실히 큰 도움이 될 거예요."

도움 되는 방향이 다르다는 게 탈이지만, 어쨌든 그건 사실이었다. 이 정보는 컨닝 사건의 진상을 밝히는 데 도움이 될 것이다.

교장선생님을 속였다는 것에 약간 죄책감이 들었다. 하지만 사건을 파헤치는 것이 기자가 할 일이라면 기자는 비열해질 수도 있다. 그것이 진실을 밝히기 위한 것이라면 더더욱 그럴 만한 가치가 있다.

교장실을 나오는데 오빠가 사물함 벽에 구부정하게 기대서 있는 것이 보였다. 오빠는 숀과 이야기를 하고 있었다. 뒷모습밖에 안 보였지만 숀이 분명했다. 나는 어디서든 숀의 뒷모습을 알아볼 수 있다.

나는 둘을 향해 다가갔다. 하지만 몇 발짝 못 가서 오빠가 주먹으로 사물함을 탕 치며 소리쳤다.

"생각도 하지 마!"

나는 걸음을 멈췄다.

"안 돼."

오빠는 사물함에서 몸을 떼더니 숀의 얼굴 앞에 바싹 얼굴을 들이댔다.

"다시는 안 된다고!"

오빠는 분명 화가 나 있었다. 그리고 주먹을 계속 쥐었다 폈다 하는 걸로 봐서 숀도 마찬가지로 화가 났다는 것을 알 수 있었다.

무슨 일로 저러지? 오빠와 숀은 한 번도 싸운 적이 없었다. 나는 숨을 죽였다.

그때 갑자기 오빠가 어깨를 으쓱하면서 긴장을 푸는 것처럼 보였다. 나한테는 안 들렸지만 오빠가 뭐라고 말하자 숀이 어깨 너머로 내 쪽을 돌아보았다.

숀은 어색하게 웃으며 손을 흔들었다.

"어이, 로렐."

그러고는 돌아서서 복도를 터벅터벅 걸어갔다.

나는 오빠한테 다가갔다.

"도대체 이게 다 무슨 일이래? 둘이 금방이라도 서로 때려눕힐 것처럼 보이더니."

오빠는 어깨를 으쓱했다.

"오버하지 마라. 숀이 뛰고 싶어 하는 경기에 대해 서로 의견이 달랐을 뿐이니까. 별일 아니야. 집에서 보자."

그러고는 오빠도 횡하니 가버렸다.

"6"
뜻밖의 출현

처음에는 교장선생님이 주신 정보를 내 방에 가서 몰래 살펴보려고 생각했다. 하지만 일단 서류철이 손에 들어오자 기다릴 수가 없었다. 당장 답을 찾고 싶었다.

학교는 거의 텅 비었다. 나는 빈 교실로 살짝 들어가 책상들 위에 서류철에 든 종이를 펼쳤다. 우리 학교의 3학년 학생은 200명쯤 됐다. 전체 목록을 만들려면 시간이 아주 오래 걸릴 것이다. 나는 우선 수학 수업 명단에서 이름이 A, B, C로 시작되는 학생들의 작은 목록을 만들어보기로 했다. 이 정도 목록으로 성적에서 어떤 규칙성을 찾을 수 있길 바라면서.

드레이퍼 선생님이 생물은 3학년만 가르치기 때문에 이 반은 목록을 만들 필요가 없었다. 내 정보원의 말이 맞다면 이 반의 학생들도 컨닝을 했을 것이다. 과연 생물 과목에서 낙제한 학생은 단 한 명도 없었다. 이건 적어도 몇 명은 컨닝을 했다는 확실한 증거였다.

그런데 성적은 좀 뜻밖이었다. 나는 성적이 좀 더 높을 거라고 예상했다. 하지만 A가 몇 명 있고 B와 C가 많았으며 심지어 D도 한두 명 있었다. 애들이 컨닝을 했다면 성적이 훨씬 좋았을 텐데.

만약 컨닝이 시작된 게 그리 오래되지 않았다면?

그렇다! 바로 그거였다. 학생들은 아마 한두 번밖에 컨닝을 못 했던 모양이다. 시험은 그보다 더 많이 쳤을 것이고 그걸 다 더한 점수로 등급을 매겼다면 성적이 생각만큼 높지 않은 게 당연하다.

나는 드레이퍼 선생님의 교실을 살펴보기로 마음먹었다. 그렇게 해서 무엇을 알게 될지, 어떨지는 모른다. 어쩌면 아무것도 못 알아낼 수도 있지만 그건 별로 중요하지 않다. 나는 범죄 현장을 느껴보고 싶었다.

드레이퍼 선생님은 132호 교실에서 수학을 가르치는데, 그 교실은 유리벽으로 된 작은 사무실을 사이에 두고 생물 실험실과

연결돼 있다. 내가 갔을 때는 교실 문이 닫혀 있었다. 나는 유리창으로 안을 들여다보았다. 교실은 비어 있었다.

문을 두드렸다. 대답이 없었다.

잠겨 있을 거라고 예상하면서 손잡이를 잡고 돌려보았다. 하지만 문은 잠겨 있지 않았다.

"드레이퍼 선생님?"

나는 문을 열면서 조심스레 선생님을 불러보았다.

내 목소리는 벽에 부딪혔다가 바닥으로 가라앉았다. 드레이퍼 선생님은 안 계셨다. 정말 다행이었다. 만약에 선생님이 대답을 했다면 난 놀라 자빠졌을 테니까.

숨을 깊이 들이마시고 복도 이쪽저쪽을 둘러본 다음, 나는 까치발로 교실에 들어갔다.

하루 일과가 끝난 뒤의 교실은 지저분했다. 책상 위에는 종잇조각이 나뒹굴고 바닥에는 구겨진 종이 뭉치들이 널려 있었다. 여덟 시간 동안 학생들의 신발에서 떨어진 흙이 교실 바닥에 쌓여 내 운동화 밑에서 버석거렸다. 화이트보드에는 빨강, 파랑, 초록 마커펜으로 쓰인 수학 방정식이 빽빽했다.

교실 앞쪽에 있는 드레이퍼 선생님 책상에는 교과서와 바인더가 잔뜩 쌓여 있었다. 책상 한 귀퉁이의 손바닥만 한 공간에는 커피로 얼룩진 머그잔과 연필 꽂힌 양철통이 아슬아슬하게 얹혀 있었다. 드레이퍼 선생님은 이 책상에서 커피를 단숨에 들이켜고 연필을 입에 문 채로 얼마나 많은 시간을 보냈을까? 문득 쓸데없는 호기심이 생겼다.

맞은편 벽의 창문들에는 블라인드가 내려진 채였다. 아마 학생들이 밖을 내다보지 못하게 하려고 그랬을 것이다. 선생님들은 항상 낮에 창문을 가려놓는다. 그럴 거면 처음부터 교실에 왜 창문을 단 건지 궁금할 따름이다.

나는 유리벽으로 된 작은 사무실을 살펴보려고 까치발로 교실을 가로질러 갔다. 안이 더 잘 보이게 손을 오므려 눈 옆에 갖다 대고 눈을 가늘게 뜬 채 유리에 바짝 붙어 들여다보았다. 가구라고는 의자 한 개와 서류 캐비닛 하나, 책과 종이가 수북이 쌓여 있는 책상 한 개가 다였다. 건너편 벽에는 생물 실험실로 들어가는 문이 열려 있었다.

손잡이를 돌려보았다. 이 문은 잠겨 있었다. 정답지가 저 안에 있는 걸까?

교실 안을 돌아다녀봤지만, 화이트보드 귀퉁이에 다음 시험에 대한 공지 사항이 적힌 것 말고는 별로 볼 게 없었다. 컨닝을 위한 또 다른 기회가 다가온 것일까? 나는 날짜를 기억해두었다.

낯선 교실에 허락도 없이 숨어들었지만 차마 드레이퍼 선생님의 책상까지 기웃거릴 수는 없었다. 교실을 돌아다니면서 가능한 모든 것을 얻은 다음(사실 거의 아무것도 못 얻었지만) 나가기로 했다. 문을 향해 돌아서는데 복도에서 발소리가 들렸다. 가까운 곳이었고, 점점 더 가까워지고 있었다.

나는 숨을 곳을 찾았다. 여기서 무엇을 하고 있었는지 해명하느라 진땀 흘리는 난처한 상황은 피하고 싶었다. 물론 복도에 있는 사람이 곧장 지나갈 수도 있었다. 하지만 위험을 감수하고 싶지는 않았다.

창문벽과 드레이퍼 선생님의 책상 사이에 서류 캐비닛이 있었다. 몸을 가릴 수 있는 것은 서류 캐비닛뿐이었다. 나는 캐비닛과 창문벽 사이로 비집고 들어가서 머리가 안 보이게 고개를 움츠렸다.

숨자마자 후회가 되었다. 걸그림(걸어 펼쳐놓고 보도록 만든 큰 지도나 도표:옮긴이) 한 장 겨우 처박아둘 만한 틈에 끼인 느낌은 비좁다는 말로는 부족했다. 팔과 다리가 저마다 서로 다른 방향을 향하고 있었다. 고대 이집트 벽화에 나오는 사람처럼 제각각 잔뜩 비틀린 자세였다.

그때, 갑자기, 누군가가 들어왔다. 가벼운 발소리에 이어 나무가 서로 긁히는 것 같은 소리가 들렸다. 쩔렁거리는 소리가 들리더니 또 몇 발짝 걷는 소리가 들렸다.

드레이퍼 선생님일까? 볼 수 있다면 얼마나 좋을까!

나는 움직이고 싶었지만 감히 엄두가 나지 않았다. 쭈그리고 앉아 있느라 다리가 저려왔다. 팔은 안팎이 뒤집힌 채로 어깨에 붙어 있는 것 같았다. 자세가 얼마나 불편한지 생각하면 할수록 견디기가 더 힘들어졌다. 딴생각을 하지 않으면 미쳐버릴 것 같았다. 깜짝 상자에서 튀어나오는 인형처럼 숨은 곳에서 뛰쳐나오는 내 모습이 떠올랐다.

눈을 질끈 감고 그 모습을 떨쳐버리려 애쓰면서 나는 억지로 소리에 집중했다. 다시 쩔렁거리는 소리가 들렸다. 열쇠구나!

교실에 있는 누군가가 작은 사무실로 들어가는 문을 열었다. 열쇠는 책상 서랍에 있었던 게 틀림없다. 아까 들었던 나무 긁히는 소리가 그거였다.

그때 찰카닥 하고 쇳소리가 들렸다. 아마 작은 사무실에 있는 서류 캐비닛이 열리는 소리일 것이다.

다리를 좀 펴보려고 죽기 살기로 용을 쓰고 있을 때 서류 캐비닛의 서랍이 탕 하고 닫히는 소리가 났다.

나는 찔끔했다. 다리가 후들후들 떨렸다. 이제 더 이상 못 버틸 것 같았다.

사무실 문이 쾅 하고 닫히더니 열쇠로 문을 잠그는 소리가 짤깍 났다. 그 다음 열쇠를 책상 서랍 속에 도로 내려놓고 서랍을 다시 닫는 소리가 크게 들렸다. 탁!

이어진 정적 속에서 나는 최대한 귀를 쫑긋 세웠다. 발소리가 멀어져가는 걸 내가 들었나? 아니면 듣고 싶은 마음에 들은 걸로 착각한 걸까?

좀 더 참아보려고 애썼지만 죽을 것 같았다. 다리가 분리된 것 같았다. 1초도 더 쭈그리고 있을 수 없었다. 나는 단번에 틈에서 빠져나와 몸을 폈다. 발끝으로 통증이 빠져나가는 느낌이 들면서 그제야 좀 살 것 같았다.

갑자기 더 큰 문제가 떠올랐다. 그 사람은 나갔을까? 동시에 내가 아직도 눈을 꼭 감고 있다는 걸 깨달았다.

나는 실눈을 뜨고 주위를 둘러보았다. 교실에는 나 혼자밖에 없었다. 안도감이 밀려들었지만 한편으로는 엄청나게 궁금해졌다. 방금 나간 사람이 누구인지 알고 싶었다.

나는 문으로 후다닥 달려가서 고개를 살짝 내밀고 복도를 두리번거렸다.

텅 빈 복도를 어떤 남자애가 걸어가고 있었다.

나는 헉 소리를 내지 않으려고 손으로 입을 틀어막고는 교실로 도로 들어왔다.

그건 내가 어디서든 알아볼 수 있는 뒷모습이었다.

"7"
알리바이

나는 벽에 기대어 축 늘어졌다. 다리가 후들거려서 더 이상 버틸 수 없었다. 무릎에서 힘이 빠져 몸이 바닥으로 스르르 미끄러졌다. 닫힌 블라인드를 우두커니 바라보면서 몇 분을 그냥 멍하니 앉아 있었다.

믿을 수가 없었다. 숀 리거가 드레이퍼 선생님의 교실에 있었다. 숀, 오빠의 가장 친한 친구 숀 말이다.

섣불리 단정 짓지 마. 나는 스스로 타일렀다.

그래, 어쩌면 숀이 아닐지도 몰라. 사실 그 남자애 등밖에 못 봤잖아. 아마 다른 애였을 거야. 뒷모습이 숀이랑 비슷한 남자애가 어디 한둘이겠어?

하지만 걸음걸이도 숀이랑 비슷한 애는? 거기다가 옷까지 숀이랑 똑같이 입은 애는? 아무래도 우연의 일치라고 보기는 어려웠다. 내가 복도에서 본 사람은 틀림없이 숀이었다.

그런데 걔가 숀이 맞다 해도 뭐가 문젠데? 숀이 드레이퍼 선생님의 교실에 있었다고 해서 나쁜 짓을 했으리란 법은 없잖아.

숀이 서류 캐비닛을 뒤져도 되는 이유(어떤 이유라도)를 찾아내려고 머리를 쥐어짰지만 아무것도 떠오르지 않았다. 숀은 처음 연서랍에서 열쇠를 꺼냈다. 그건 열쇠가 어디에 있는지 숀이 분명히 알고 있었다는 뜻이다. 어쩌면 전에도 열쇠를 꺼내본 적이 있는지 모른다.

숀이 다음 수학 시험의 정답지를 찾고 있었다는 것 말고는 달리 설명할 방법이 없었다. 서류 캐비닛의 서랍을 탕 하고 닫은 걸로 봐서는 정답지를 못 찾은 것 같았다. 나는 화이트보드에 적힌 공지 사항을 힐끗 쳐다봤다. 시험은 다음 주다.

나는 숀이 잘못을 저지르지 않았기를 바랐다. 나는 태어나서 지금까지 계속 숀과 알고 지낸 사이다. 하지만 달리 어떻게 설명할 수 있을까?

머리에 쥐가 날 지경이 되었을 때 번쩍 하고 해답이 떠올랐다.

정말 간단했다. 만약 숀이 드레이퍼 선생님 반이 아니라면 정답
지를 훔칠 이유가 전혀 없다. 그렇다면 숀의 결백이 증명되는 것
이다.

나는 그때까지도 손에 움켜쥐고 있던 서류철을 내려다보았다.
한쪽 가장자리가 완전히 구겨져 있었다. 손에서 놓았는데도 처음
상태로 돌아가지 않았다. 안에 들어 있는 종이들도 마찬가지로
쭈글쭈글했다. 나는 종이를 이리저리 뒤적거리며 수학 수업 명단
을 찾았다.

숀은 어느 반에 있을까? 바스키 선생님? 티몬스 선생님? 월터
스 선생님? 드레이퍼 선생님? 나는 명단마다 쭉 훑어보았다. 없
고, 없고, 없고…… 있었다.

이런 젠장!

나는 좋게 생각하려고 애썼다. 그래, 드레이퍼 선생님이 숀의
수학 선생님이다 이거지. 그렇다고 저절로 증명되는 건 아무것도
없다.

그런데도 나는 왜 믿지 못하는 걸까?

아참, 그렇지. 드레이퍼 선생님은 생물도 가르치잖아.

나는 종이를 다시 넘겼다. 숀과 오빠는 절친이다. 오빠가 화학

을 들으니까 아마 숀도 화학을 듣겠지. 화학 수업 명단을 훑어보았다. 오빠는 있었지만 숀은 없었다.

그래, 숀은 화학을 안 듣는구나. 그렇다면 아마 물리를 듣나보다.

물리 수업 명단을 확인했다. 숀 리거는 없었다.

3학년은 누구나 과학을 한 과목 들어야 한다. 만약 숀이 화학이나 물리를 안 듣는다면 대신할 과목은 딱 하나였다. 나는 생물수업 명단을 휙 젖혔다.

역시나.

그날 저녁 오빠 방을 살짝 들여다보니 온 방에 대학 자료가 널려 있었다. 지원서도 있었고 브로슈어(설명, 광고, 선전 등을 위해 만든 얇은 책자:옮긴이)도 있었다. 책상 위에, 침대 위에, 바닥에까지. 서 있을 곳을 찾으려면 몸이 고무인간처럼 늘어나야 할 지경이었다.

"오빠, 아직도 결정 못 한 거야?"

나는 오클라호마 주립대학 달력과 곤자가 대학 브로슈어 사이에 엉거주춤하게 서서 물었다.

"그건 새로 온 거구나, 맞지?"

오빠는 얼굴을 찌푸렸다.

"휴우~."

오빠는 보고 있던 브로슈어를 손바닥에 탁탁 두드렸다.

"그래, 이건 스탠퍼드 거야. 아직도 결정을 못 한 이유지."

오빠는 얼굴을 들고 머리를 흔들었다.

"보다시피 쉽지가 않네."

나는 책자와 종이 무더기를 훑어보며 대답했다.

"난 잘 모르지 뭐. 오빠 이것들을 다 읽어본 거야?"

"겨우 오십 번쯤."

오빠는 힘 빠진 표정으로 툭 내뱉었다.

"그래서 뭐가 문젠데?"

아차 싶었지만 이미 늦었다. 오빠는 대학을 고르는 어려움에 대해 속속들이 늘어놓기 시작했다.

"이 대학들 전부 다 끝내주는 농구 팀이 있어. 어느 대학에 가든 1학년 때는 벤치 신세를 못 면하겠지만 환상적인 지도는 받을 수 있겠지. 경기에 나가게 되면 능력을 최대한 발휘해야 돼. 물론 내 최종 목표는 프로농구 팀에 드래프트 되는 거지만 그건 장담

할 수 없잖아. 그래서 학문적인 프로그램도 훌륭한 학교를 고르고 싶은 거야. 만약 농구로 잘 안 풀리면 다른 직업을 가져야 할 테니까."

"어떤 직업?"

오빠는 손을 내두르며 말했다.

"바로 그게 문제야. 그걸 모르겠다구! 변호사를 생각해봤는데, 한편으로는 건축가가 되고 싶고, 또 한편으론 사업에 흥미를 느껴."

"그치만 그 직업들은 거쳐야 하는 과정이 완전 다르지 않나?"

"내 말이! 그러니까 미치고 팔짝 뛰겠다는 거 아냐."

그러면서 오빠는 앓는 소리를 냈다.

"게다가 대학마다 직업과 관련해 학문적으로 강한 분야가 다 다르니……."

오빠는 어깨 너머로 브로슈어를 던지더니 힘들게 말을 이었다.

"어떻게 해야 할지 갈피를 못 잡겠어. 제안을 많이 받으면 받을수록 결정하기가 더 힘들어지니 말이야."

"엄마랑 아빠는 뭐라셔?"

오빠는 눈을 굴리며 코웃음을 쳤다.

"아빠는 선택권이 가장 많은 대학을 고르라 하시고, 엄마는 마음이 끌리는 대로 하라신다."

"그렇구나."

내가 웅얼거리자, 오빠는 나를 진지하게 바라보며 물었다.

"넌 내가 어떻게 했으면 좋겠냐?"

"뭐?"

나는 손을 들고 한 걸음 뒤로 물러났다. 정확하게 워싱턴 주립 대학 지원서 위에 발을 디디고 말았다.

"어머, 미안."

나는 바로 사과했다.

"난 오빠 대신 그런 결정을 할 수 없어. 아침에 무슨 옷을 입을까 결정하는 것도 힘든 사람한테 무슨."

오빠가 나를 노려보았다.

"어이구, 그러세요? 날 도와주러 온 게 아니라면 무슨 볼일이 있으실까?"

"있지~."

나는 말꼬리를 늘어뜨렸다.

"오빠가 나한테 조언을 꼭 좀 해줬으면 해서."

"뭔데? 바쁘니까 요점만 간단히 말해."

내가 하려는 말에 오빠가 어떤 반응을 보일지 몰랐지만 사실을 알아내려면 이 방법밖에 없었다. 나는 숨을 크게 들이쉬고 말을 꺼냈다.

"저번에 내가 학교신문에 컨닝에 대한 설문조사 실은 거 기억나지?"

"그래."

"있지, 드레이퍼 선생님 반에서 대규모 컨닝이 있었다는 쪽지를 받았어. OMR 시험과 관계가 있대."

그러자 오빠가 폭소를 터뜨렸다.

"헐, 대박~ 그딴 걸 믿으라고?"

등이 뻣뻣하게 굳는 느낌이었다.

"난 기자야, 오빠. 그건 단서라구. 그래서 조사를 좀 해봤지."

오빠가 웃음을 거두었다.

"좋아. 그래서 뭘 좀 찾았냐? 보나 마나 꽝이겠지, 응?"

"땡!"

나는 성적 일람표와 과목별 명단으로 알아낸 정보들이 모두 컨닝 사실을 뒷받침해주었다고 말했다.

"그래서 드레이퍼 선생님 교실을 둘러보러 갔어."

"그랬더니?"

나는 어깨를 으쓱했다.

"화이트보드에 다음 시험에 대한 공지 사항이 적혀 있었어."

"어쭈, 셜록 홈스 뺨치시는군."

오빠는 실실 웃었다.

"아직 안 끝났거든."

나는 쌀쌀맞게 쏘아붙였다.

"어, 그래? 계속 해봐."

오빠는 여전히 건성으로 대꾸하고 있었다.

나는 누군가가 드레이퍼 선생님 사무실에 있는 서류 캐비닛을 뒤진 것에 대해 말했다. 그 남자애가 복도에서 막 사라지는 걸 어떻게 엿보았는지도 말했다.

"숀이었어."

오빠는 못 믿겠다는 표정이었다.

"네가 미치지 않고서야…… 말도 안 되는…… 뭐?"

"그 애가 숀이었다구."

나는 한 번 더 말했다.

놀랍게도 오빠는 그저 얼굴만 찡그릴 뿐이었다.

"그래서?"

"무슨 소리야, '그래서'라니? 그게 이상하지 않다는 말이야?"

"그래."

"어떻게 그렇게 말할 수가 있어? 숀은 선생님 책상 서랍에서 열쇠를 꺼내 사무실에 침입했다구. 서류 캐비닛을 샅샅이 뒤졌다니까."

오빠는 팔짱을 꼈다.

"너, 영화를 너무 많이 봤다. 넌 숀이 거기 있어도 된다는 생각은 한 번도 안 해봤지? 숀은 드레이퍼 선생님의 실험실 도우미야. 그건 알고나 지껄이는 거야?"

순간 나는 멍해졌다.

"엉? 어, 아니. 몰랐어."

"그래, 숀은 드레이퍼 선생님의 도우미라구. 당연히 드레이퍼 선생님이 열쇠를 어디에 두는지 알 수밖에 없지. 숀이 늘 선생님께 이것저것 갖다 드렸으니까."

"엉~!"

나는 그 소리밖에 못 했다.

"컨닝 얘기 좀 작작 해라, 제발 좀."

"이건 보도 기사야, 오빠."

나는 오빠한테 맞섰다.

"그리고 뉴스가 항상 아름다울 수는 없어."

"네가 쓸 수 있는 다른 기삿거리가 쌔고 쌨잖아. 분명히 말하
는데, 다들 네 얘기를 수군대고 있어. 그리고 그중에 좋은 말은
하나도 없다구. 고자질쟁이를 누가 좋아하겠냐. 너, 완벽하게 왕
따가 되고 싶지 않다면 이제 그쯤 하자, 쫌!"

"8"
비밀의 열쇠

오빠의 말을 믿고 싶었지만, 한편으로는 믿을 수가 없었다. 숀은 오빠의 친구다. 그러니 오빠가 숀을 변호하려 하는 건 당연한 일이다. 오해할까 봐 분명히 밝혀두는데, 나도 숀을 좋아한다. 하지만 그렇다고 해서 숀이 컨닝을 해도 괜찮은 건 아니다.

아직까지는 아무것도 증명하지 못했기 때문에 나는 의문점들을 혼자만 알고 있기로 마음먹었다.

"OMR 기사는 어떻게 돼가?"

타라와 같이 있던 리즈가 점심시간에 갑자기 물었다.

나는 구내식당을 둘러보며 말했다.

"쉿. 야! 누가 들으면 어쩌려고."

타라가 머리를 흔들었다.

"솔직히 로렐, 너 말고 그딴 거에 관심 있는 사람이 진짜 있을 것 같아?"

나는 발끈했지만 또 다투고 싶지는 않았다. 나는 타라의 핀잔을 무시하고 최대한 태연한 척하며 말했다.

"교장선생님이 과목별 명단과 성적 일람표를 주셨어."

타라의 입이 딱 벌어졌다.

"에이, 설마!"

타라는 놀라지 않은 척했다.

"진짜야. 주셨어."

나는 뻐기는 것처럼 보이지 않도록 신경 썼다.

"그래서?"

리즈가 물었다.

"내 정보원의 말이 맞는 것 같아."

타라가 헉 소리를 냈다.

"진짜로 대규모 컨닝이 있었단 말이야?"

내가 고개를 끄덕이자 리즈가 물었다.

"어떻게 그걸 확신하는데?"

"으음, 우선 한 가지는 한 명도 빠짐없이 생물을 통과했다는 거야. 드레이퍼 선생님이 가르치는 수학도 마찬가지야. 거기도 낙제생이 전혀 없어."

"다른 선생님이 가르치는 반은 어때?"

"한 반에 적어도 한두 명은 낙제야."

"그래? 진짜 신기하네. 그치만 선생님이 그걸 모를 리 없잖아."

"혹시 드레이퍼 선생님이 진짜로 잘 가르쳐서 그런 걸 수도 있잖아."

타라가 반대하고 나섰다. 타라는 컨닝이 없었기를 바라는 게 확실했다.

"하긴, 그럴 수도……."

나는 일단 인정했다.

"하지만 작년엔 드레이퍼 선생님 반에도 낙제생이 있었거든요!"

"정말? 진짜 진짜 진짜?"

리즈가 물었다. 리즈가 머리를 굴리는 소리가 들리는 것 같았다.

"근데 넌 그런 걸 어떻게 알아?"

타라가 따지고 들었다.

나는 샌드위치를 한 입 베어 물고 대답했다.

"교장선생님이 작년 3학년들의 성적표까지 주셨거든. 그래서 비교해봤지. 교장선생님은 올해 3학년들이 작년 3학년들보다 낫다는 걸 보여주고 싶으셨나 봐."

"그럼 드레이퍼 선생님 반의 학생들은 다 A를 받은 거야?"

타라의 질문에 나도 모르게 이맛살이 찌푸려졌다.

"아니, 그렇진 않아. 나도 그게 이해가 안 돼. 모두 다 통과는 했지만 성적 분포는 정상적이야. A가 몇 있을 뿐 B랑 C가 많았고 심지어 D도 있었어. F 말고는 다 제대로 있더라구."

"거봐, 그럼 그렇지."

타라가 의기양양하게 딱 잘라 말했다.

"컨닝을 했다면 전부 다 A를 받았겠지."

그러자 리즈가 고개를 저으며 말했다.

"아니, 난 그렇게 생각하지 않아."

"왜?"

타라가 곧바로 몸을 사리며 물었다.

"아마 이 일을 뒤에서 조종하는 사람은 무척 영리한 것 같아. 생각해봐. 만약에 드레이퍼 선생님 반 학생들이 전부 다, 아니면 대부분이 A를 받기 시작한다면, 선생님은 뭔가 수상하다고 느낄 거야. 물론 드레이퍼 선생님이 세상에서 가장 잘 가르치는 선생님일 수도 있겠지. 하지만 그래봤자 안 되는 애들은 있게 마련이야. 내 생각엔 학생들이 컨닝 답안지를 만드는 요령이 있는 것 같아. 전부 다 통과는 하지만 아무도 완벽한 점수는 안 받는 거. 즉 의심을 받지 않을 정도로만 적당히 컨닝을 한다는 거지."

리즈는 웃는 얼굴로 고개를 끄덕이며 이렇게 덧붙였다.

"그래, 진짜 영리한 거지."

마침내 나 말고도 컨닝 사건을 믿는 사람이 생겼다는 사실에 나는 마음이 놓였다.

나는 숨을 크게 들이쉬며 물었다.

"진짜 그럴 수도 있겠다. 그치만 그걸 어떻게 증명하지?"

"좋은 생각이 있어."

"뭔데?"

"우선 드레이퍼 선생님 반 학생들이 전부 다 컨닝을 하진 않았을 거야."

"그건 모르는 거지."

타라가 딱 잘라 말하자 리즈는 눈을 굴렸다.

"무슨 일이든지 백 퍼센트 참가하는 거 본 적 있니? 너무 정직해서 컨닝을 못 하는 애들도 있을 거야."

그러고는 의미심장한 눈빛으로 내 쪽을 보았다.

"아니면, 이건 어때? 더 그럴싸한데, 컨닝을 할 필요가 없는 애들도 있겠지. A를 받는 학생들이 뭣하러 컨닝 같은 걸 하겠니?"

타라도 리즈의 그 논리에는 반박할 수가 없었다.

리즈는 계속 말했다.

"하지만 가담을 했든 안 했든 그 반 학생들은 다 알고 있을 거야. 그중 누군가가 우리한테 진실을 털어놓도록 설득하는 수밖에 없어."

나는 손을 비비며 말했다.

"좋은 생각이야, 리즈."

"잘하면, 그러니까 누구한테 물어봐야 하는지 안다면 좋은 생각이라 할 수 있겠지. 근데 우린 모르잖아."

타라가 지적했다.

나는 회심의 미소를 지으며 말했다.

"나한테 과목별 명단이 있잖아. 오늘 밤에 A 받은 학생들 이름을 전부 알아낼게. 그중 누군가는 꼭 말해주지 않을까?"

리즈는 머핀 포장지를 구기고 나서는 청바지에 손을 닦으며 말했다.

"그럴 필요 없어. 누구한테 물어보면 되는지 정확히 알고 있으니까."

"누군데?"

타라와 내가 동시에 묻자 리즈는 싱긋 웃었다.

"드레이퍼 선생님 반의 스타. 우리 언니."

그날 저녁 침대에 엎드려 숙제를 하고 있는데 리즈한테서 전화가 왔다. 한창 역사 숙제를 하는 중이었는데 난 역사라면 딱 질색이다. 리즈의 전화는 정말 기막힌 타이밍이 아닐 수 없었다.

나는 휴대폰을 쥐고 몸을 굴려 침대에 드러누웠다.

"여보세요."

리즈는 바로 본론으로 들어갔다.

"한나 언니한테 물어봤어."

"그랬더니? 언니가 뭐래?"

"뭐, 별로. 처음엔 컨닝이 있었다는 것만 안다고 했어. 우리 언니는 천재지만 사회적으로 매장당하고 싶진 않은가 봐."

리즈는 그러면서 헛기침을 했다. 일부러 그러는 것처럼 느껴졌다.

"너 금방 '처음엔'이라고 그랬지? 그럼 나중에 다른 얘기도 해줬다는 거잖아?"

"그래. 내가 협박 좀 하니까 그제야 불더라. 그러고도 불안했는지 나한테 목숨을 걸고 맹세하라고 시켰어. 자기가 정보를 흘렸다는 걸 아무도 모르게 하려고."

"뭘로 언니를 협박했는데?"

리즈는 혀를 쯧쯧 찼다.

"그 카드를 다시 써야 할 때가 생길 텐데, 언니의 비밀이 미리 새나가면 협박이 되겠냐? 담에 씨도 안 먹히지. 그래도 궁금해? 말해줘?"

나는 한숨을 쉬었다.

"아니야. 알았어."

나는 한나 언니 생각을 떨쳐내고 본론으로 돌아왔다.

"그래서 알아낸 게 뭔데?"

"으음."

리즈는 뜸을 들였다.

"이 일이 영리하게 조종됐다는 내 생각이 맞았어. 그리고 사기꾼이 정답지를 복사했을 거라는 네 말도 맞았고. 하지만 이건 상상도 못 했을걸!"

그러고는 숨죽여 웃었다.

"그 사기꾼은 애들한테 정답을 팔았대."

"정답을 팔았다고? 완전 미쳤구나."

"그렇다니까."

리즈의 목소리에서 웃음기가 묻어났다.

"기막힌 반전 아니니?"

나는 순간 어이가 없었다. 돈이 개입됐을 거라고는 상상도 못했다. OMR 사기는 단순히 시험을 통과하기 위한 수준의 컨닝이 아니었다.

그건 사업이었다!

"이런 일을 벌인 게 누구야?"

"나도 몰라. 언니가 이름은 말 안 했어. 언니가 다 말해주면 넌 파헤칠 게 하나도 없어지잖아. 그럼 무슨 재미야? 넌 기자니까 이제부턴 네가 파헤쳐야지."

"한나 언니가 그것 말고 더 말해준 건 없어?"

나는 빠짐없이 알고 싶었다.

"누군지 모르지만 그 사기꾼은 이 일을 장기적으로 계속 할 생각인가 봐. 그 남자애(언니가 실수로 한두 번 그렇게 말해버렸거든)는 애들이 평소에 받는 점수를 기준으로 각기 다른 정답지를 판대. 그래서 C를 받던 애들은 C⁺나 B가 되는 정답지를 사는 거지. 항상 그렇게 상식적인 범위 안에서만 팔고 점수가 높아질수록 정답지 가격도 비싸진대. 언니 말로는 7달러에서 20달러까지 있대."

"진짜 미친 거 아냐? 말도 안 돼!"

나는 소리를 질렀다.

"정답지를 사는 애들이 몇 명이나 되는데?"

"언니 말로는 90퍼센트 정도래. 드레이퍼 선생님은 생물 두 반과 수학 두 반을 가르친대. 그럼 학생이 120명쯤 될 텐데 90퍼센트가 가담한다면 108명이지. 수학이랑 생물 시험이 한 주에 있다고 쳐봐. 정답지를 평균 12달러에 판다면 벌게 되는 돈이⋯⋯."

리즈가 머릿속으로 계산하는 동안 정적이 흘렀다.

잠시 후 리즈가 다시 입을 열었다.

"약 1,300달러."

"헐!"

나는 숨을 크게 쉬었다.

"엄청난 돈이네. 근데 너 꼭 수학 문제 푸는 사람 같았던 거 아니?"

그러자 리즈가 깔깔 웃었다.

"한나 언니가 말한 거, 이제 더 없어?"

"우리의 천재 사기꾼은 학교 근처에 사는 게 분명해. 점심시간 동안 그 애 집에서 판매가 이루어진다니까 말이야."

"시험 시간에 컨닝 답안지는 어떻게 제출하는데? 우리의 사기꾼이 바꿔치기해주는 건가?"

"아니. 사기꾼은 정답지를 파는 것뿐이래. 답안지를 바꿔치기하는 방법은 각자 알아서 찾아야 하고. 대부분의 애들은 시험 때 셔츠 안에 컨닝 답안지를 몰래 넣어 간대. 그랬다가 시간이 다 돼가면 드레이퍼 선생님이 안 볼 때 바꿔치기하는 거지."

"그런데 아무도 안 잡혔어?"

"단 한 명도."

"아무도 고자질하지 않았고?"

"아직까진."

"그래? 그럼 이제 이 사실을 알려야 할 때가 됐군."

다시 배를 깔고 엎드리는데 방문 앞에 오빠가 서 있는 게 보였다. 다 듣고 있었던 건가?

오빠는 동정심과 혐오감이 뒤섞인 듯한 표정으로 나를 봤다. 그러고는 고개를 흔들면서 자기 방으로 돌아갔다.

"9"
미행

리즈는 컨닝의 배후 조종자가 학교 근처에 사는 게 분명하다고 했다. 숀은 학교 근처에 산다. 숀한테 불리한 증거가 하나 더 늘어난 셈이다.

내가 드레이퍼 선생님 교실에서 숀을 봤을 때는 정답지를 손에 못 넣은 게 확실하지만 그 뒤에 성공했을 수도 있다. 만일 그렇다면 시험 날짜가 하루하루 다가오고 있으니까 이제 판매에 들어갈 것이다. 숀을 계속 지켜봐야 할 시점이 된 것이다.

나는 금요일 점심시간에 숀의 뒤를 밟아보기로 마음먹었다. 종이 울리자마자 숀의 사물함으로 번개같이 달려갔다. 사물함에 책을 던져 넣고 도시락을 꺼내는 아이들 속에 숨어 눈에 띄지 않게 조심하면서 숀이 나타나기를 기다렸다.

오래지 않아 숀이 나타났다. 숀은 책을 사물함 속에 쑤셔 넣고 후다닥 나갔다. 나는 출구로 따라 나가 숀이 운동장을 가로질러 집으로 달려가는 것을 지켜보았다. 기다리는 것 말고는 할 일이 없었다. 숀이 시야에서 사라지면 따라가기로 했다. 숀의 집 근처에는 덤불이 있으니까 거기 숨어서 찾아오는 사람들을 염탐할 수 있을 것이다.

문을 밀어 열려는데 누가 내 팔을 잡았다.

오빠였다.

"네가 뭘 하고 있는지 알기나 해?"

오빠는 비웃듯이 말했다.

"무슨 상관이야? 이거 놔."

나는 톡 쏘아붙이며 팔을 홱 뿌리쳤다.

"너, 숀을 따라다니고 있지? 내가 다 지켜봤어."

오빠는 재미있어 하는 표정이 아니었다.

"넌 형편없는 탐정이야, 로렐. 잡힌 사람은 바로 너라구."

나는 오빠를 노려보면서 문으로 다시 팔을 뻗었지만 오빠가 또 내 팔을 잡았다. 이번에는 아프게.

"로렐, 분명히 말했다."

오빠는 이를 악물며 말했다.

"당장 그만둬. 숀은 내 친구야. 네가 그 한심한 기삿거리로 숀의 이름을 더럽히게 내버려둘 순 없어."

대꾸하려고 입을 열었지만 오빠가 말을 막았다.

"네가 이러는 건 오직 명예를 얻고 싶어서일 뿐이야. 넌 너 때문에 피해를 입는 사람들에 대해선 신경도 안 쓰지."

나는 비웃듯이 말했다.

"그 말은 꼭, 숀의 잘못을 인정한다는 뜻으로 들리는데?"

오빠가 풍선 인형이라면 나는 방금 오빠를 핀으로 콕 찌른 셈이었다. 오빠의 어깨가 축 처지고 고개가 푹 수그러졌다.

"정말 내 말을 못 알아듣겠어? 당장 그만두라구!"

오빠는 그렇게 소리치고는 내 팔을 놔주고 가버렸다.

오후 내내 오빠가 한 말에 대해 생각해보았다.

한편으로는 오빠가 하라는 대로 하고 싶었지만 기자로서의 나는 그럴 수가 없었다. 만약 숀이 잘못을 저질렀다면 책임을 져야 할 것이다. 만약 숀이 잘못을 저지르지 않았다면 더 좋을 것이다.

둘 중 어느 쪽이든 이건 중요한 기삿거리이고 사람들에게 알릴 필요가 있었다.

나는 수업이 끝난 뒤 드레이퍼 선생님의 교실에 한 번 더 가보기로 했다. 만약 숀이(아니면 누군지는 몰라도 OMR 사기꾼이) 아직 정답지를 못 찾았다면, 오늘 다시 시도할지도 모르기 때문이다.

이번에는 교실이 비어 있지 않았다. 문에 달린 창으로 슬쩍 안을 들여다보니 안경을 낀 땅딸막한 대머리 아저씨가 책상 뒤에 앉아 있는 게 보였다. 아무래도 내 생각엔 드레이퍼 선생님인 것 같았다.

선생님은 나를 못 봤지만, 나는 선생님을 보고 심장이 멎는 줄 알았다. 나는 빙그르 돌아서서 펄떡거리는 심장박동이 가라앉기를 기다렸다.

조금 뒤에 다시 창으로 들여다보았다. 지금 드레이퍼 선생님이 정답지를 만들고 있는 거라면 그건 사기꾼이 아직 그걸 훔치지 못했다는 뜻이다. 처음에는 드레이퍼 선생님이 무엇을 하고 있는지 알 수 없었다. 하지만 선생님이 떨어뜨린 연필을 줍느라 몸을 구부리자 책상 위에 놓인 OMR 답안지가 보였다.

나는 세기의 발견이라도 한 기분이었다. 심장이 벌렁거리고 뱃

속이 미친 듯이 요동치기 시작했다.

생각할 시간이 필요했다. 하지만 계속 복도에 있다간 드레이퍼 선생님에게 발견될 수도 있다. 혼자 있을 곳이 필요했다. 나는 복도를 가로질러 여자화장실로 달려 들어갔다. 그리고 숨을 크게 쉬면서 마음을 가라앉혔다.

좋았어. 이제 뭘 해야 하지?

가장 확실한 방법은 복도를 가로질러 드레이퍼 선생님에게 가서 모든 사실을 털어놓는 것이다. 그러면 문제는 선생님의 차지가 되고 나는 모든 일에서 손을 뗄 수 있다.

하지만, 특종 기삿거리도 잃게 되겠지. 게다가 드레이퍼 선생님은 내가 말한 내용을 몽땅 교무실에 보고할 것이다. 그렇게 되면 교장선생님은 내가 학생들 성적표를 얻으려고 거짓말했다는 걸 알게 될 것이다.

안 돼, 이 방법은 포기하자.

다른 방법은 뭐가 있지?

역시나 내가 할 수 있는 것은 없었다. 그냥 이 자리를 벗어나 무슨 일이 생기든지 말든지 내버려둘 수밖에. 그래, 그러자.

뻥치시네! 나는 그럴 수 없다는 걸 알았다. 나는 이 이야기가 필요했다.

어떻게 찾아낸 기삿거리인데!

나는 한숨을 쉬었다. 결국 내게 남은 방법은 하나밖에 없어 보였다. 그 사기꾼을 현장에서 잡는 것!

하지만 시간이 얼마 없었다. 만약 도둑이 정답지를 훔치려 한다면 그건 머지않은 일일 것이다.

나는 시계를 흘낏 보았다. 화장실에 얼마나 있었는지 모르겠지만 시간이 꽤 흐른 게 분명했다. 네 시가 훨씬 지나 있었다. 드레이퍼 선생님은 벌써 가셨는지도 모른다.

나는 화장실 문을 살짝 당겨 열었다. 시야가 좁았다. 복도 한쪽만 겨우 보였다. 그런데 내 쪽으로(아니, 드레이퍼 선생님의 교실 쪽으로) 걸어오는 사람이 있었다.

숀 리거였다.

소리가 안 나게 문을 닫으려는데 다른 문이 쾅 하고 닫히는 소리가 들렸다. 나는 깜짝 놀라 얼어붙었고 숀도 멈칫했다.

"숀!"

쾌활한 목소리가 들렸다. 드레이퍼 선생님의 목소리가 틀림없었다.

"여긴 웬일이냐?"

숀은 어깨를 으쓱하며 웃었다. 내 눈엔 초조해 보이는 웃음이었다.

"안녕하세요. 생물 실험실에 뭐 도와드릴 일이 없나 해서 와봤어요."

드레이퍼 선생님이 숀한테 다가가서 어깨 위에 손을 얹는 모습이 시야에 들어왔다.

"고맙구나, 숀! 그런데 요 며칠은 괜찮을 것 같다. 다음 주에 힘든 실험이 있는데 그걸 준비하려면 손이 좀 필요할 거야. 그때 와라. 중요한 수학 시험을 앞두고 있는데 공부할 시간을 빼앗고 싶지 않구나."

그러면서 선생님은 껄껄 웃었다.

"내 차 있는 데까지 가면서 내가 어떤 문제를 냈을지 어디 한번 알아맞혀볼래?"

나는 선생님과 숀이 걸어 나가는 것을 지켜보았다. 그들이 다른 복도로 사라지고 난 뒤에도 한참 동안 문틈으로 지켜보았다.

나는 화장실을 떠나기가 망설여졌다. 그들이 다시 돌아올까 봐 두려웠다. 아니, 숀이 다시 돌아올까 봐 두려웠다.

드레이퍼 선생님은 교실을 나오면서 외투밖에 들고 있지 않았다. 그건 선생님이 정답지를 사무실에 두었다는 뜻이다. 숀이 정답지를 훔치기엔 완벽한 기회였다.

" 10 "
최악의 진실

여자화장실에서 30분을 더 있었지만, 숀은 다시 돌아오지 않았다. 오랜 시간 화장실에 있으려니 점점 더 참기가 힘들어졌다. 화장실은 말 그대로 볼일을 보는 곳이지 쉬는 곳은 아니니까.

시간도 좀 늦었다. 엄마는 지금 내가 어디 있는지 궁금해할 것이다. 나는 가방 속을 뒤져 휴대폰을 찾은 다음 눈은 복도에 고정한 채 집으로 전화를 걸었다.

오빠가 받았다.

"나야."

내 목소리가 평소처럼 들려야 할 텐데. 점심시간에 오빠랑 말다툼한 것 때문에 여전히 긴장이 되었다.

"엄마 계셔?"

"가게에 가셨어. 넌 어디야?"

오빠는 평소와 다름없는 목소리였다.

"학교."

오빠가 이것저것 꿰어 맞춰 내 행동을 추리하면 곤란한데. 하지만 눈치 9단인 오빠가 그냥 넘어갈 리 없었다.

"너 거기서 뭐 하는 거야? 수업은 한 시간 전에 끝났잖아."

그때 수화기 뒤편에서 누군가의 목소리가 들렸다.

"야, 빨리 안 오고 뭐 해? 벌써부터 질까 봐 겁먹은 거냐?"

"농구공한테 도와달라고 사정이나 하시지, 이 멍청아."

오빠가 웃었다.

"거기 누구야?"

"숀."

오빠가 또 웃었다.

"숀 녀석, 바보 아냐? 나랑 일대일로 붙어 이길 거란다."

나는 잠깐 숨을 죽였다. 숀이 오빠랑 농구를 한다면 학교에 돌아오지 않을 게 확실하다.

갑자기 전화를 빨리 끊고 싶었다.

"바보 맞네. 어쨌든 나 곧 갈게. 엄마한테는 가는 중이라고 말해줘."

오빠가 뭐라고 대답할 새도 없이 전화를 끊었다.

나는 휴대폰을 가방에 쑤셔 넣고 화장실을 나와 출입구로 향했다. 하지만 몇 발짝 안 가서 180도 방향을 틀어 학교신문사 편집실로 향했다. 이왕 늦은 거, 주말에 쓸 기사의 도입부나 뽑아 두자는 생각이 들었기 때문이다.

문을 열자 바닥에 놓인 봉투가 눈에 띄었다.

나는 봉투를 집어 들고 뒤집어 보았다. 나한테 온 것이었다. 내 정보원이 또 다른 단서를 보낸 것일까?

안에 들어 있는 내용은 짧고 분명했다.

영탐질을 그만두지 않는다면 후회하게 될 거다!

서명은 없었다. 종이를 뒤집어 보았지만 아무것도 없었다.

나는 종이를 다시 접어 뺨에다 톡톡 두드리며 생각에 잠겼다.

이건 나를 겁먹게 하려는 협박이겠지만 문제는 내가 겁먹지 않았다는 것이다. 염탐질을 그만두지 않으면 후회하게 될 거라고?

무엇에 대해 후회를 한다는 거지? 도둑 막은 걸 후회해? 설마! 애들이 시험공부를 안 할 수 없게 만든 걸 후회할까? 전혀! 나는 후회할 일이 생각나지 않았다. 혹시 몰매를 맞거나 사물함이 부서지는 것을 뺀다면. 하지만 왠지 그런 일이 일어날 것 같지는 않았다.

손이 쪽지를 썼다는 데 내기를 걸어도 좋다. 아마 오빠가 손한테 기사 이야기를 했을 것이고 그걸 들은 손은 내가 추적을 그만두도록 엄포를 놓고 싶었을 것이다. 하지만 나는 속아 넘어가지 않을 것이다. 손은 부정직할 수는 있어도 폭력적인 사람은 아니기 때문이다.

물론, 다른 누군가가 쪽지를 쓴 거라면, 이야기는 달라진다. 오빠 말로는 많은 학생들이 나 때문에 화가 났다고 했다. 아마 컨닝 답안지를 사는 애들은 다 그렇겠지. 그런 애들이 얼마나 된다고 리즈가 그랬더라? 성난 아이들이 복도에서 나를 뒤쫓는 모습이 떠오르자 등줄기로 소름이 쫙 끼쳤다.

좋아, 그래, 솔직히 약간 겁이 나긴 한다. 하지만 그만둘 정도는 아니다. 사건의 진실에 이렇게 바싹 다가갔는데 이제 와서 포기한다니, 말도 안 된다.

만약 사기꾼이 월요일에 정답지를 훔치지 못한다면 시험 전에 다른 기회는 없다. 그가 훔치려 한다면 나도 그만한 준비를 하고 있을 것이다.

일이 어떻게 펼쳐질지 계속 상상하느라 나는 주말 내내 잠을 거의 못 잤다.

그리고 드디어 월요일. 사기꾼이 점심시간에 덮칠 것 같지는 않았다. 학교를 우왕좌왕 돌아다니는 애들이 너무 많으니까.

그래도 나는 점심시간에 드레이퍼 선생님의 수학 교실 맞은편에 있는 화장실에 숨어 있었다. 여자애들이 하도 들락날락해서 제대로 망을 보기가 쉽지 않았다. 하지만 그건 문제가 되지 않았다. 역시나 도둑은 나타나지 않았다. 그 역겨운 곳에서 또 한 시간을 허무하게 보낸 것이다.

오후 수업을 듣는 둥 마는 둥 시간이 흘러 3시 30분이 될 때까지 너무 조바심이 나서 비명이라도 지르고 싶었다. 온몸의 신경이 바짝 곤두섰다.

종소리가 울리자마자 나는 화장실로 허둥지둥 달려갔다. 사물함에도 안 들렀다.

생물 실험실과 수학 교실은 둘 다 비어 있었다. 두 교실 사이의 유리벽 사무실도 마찬가지였다.

처음 15분 동안은 화장실을 드나드는 여자애들로 붐볐다. 드레이퍼 선생님의 교실을 제대로 지켜볼 수 없었지만 걱정스럽지는 않았다. 도둑은 통행이 뜸해질 때까지 움직이지 않을 테니까.

3시 50분쯤 되자 주위가 조용해졌다. 나는 자리를 잡고 휴대폰을 꺼내서 범죄 현장을 촬영할 준비를 했다.

오래 기다릴 필요는 없었다. 몇 분 되지 않아 사기꾼이 모습을 드러냈다. 그는 반대쪽에서 왔기 때문에 그가 오는 것을 보지는 못하고 소리로 알아차렸다. 문을 더 열고 싶었지만 용기가 나지 않아서 소리에만 집중하기로 했다.

소리는 지난번과 같았다. 책상 서랍이 열리고, 열쇠가 쩔렁거리고, 서류 캐비닛의 서랍이 열리는 소리가 들렸다.

그리고 정적.

무슨 일이 벌어진 걸까? 너무 긴장돼서 죽을 것 같았다. 위험을 무릅쓰고서라도 무슨 일이 벌어지고 있는지 알아내야만 했다. 나는 문 밖으로 고개를 슬쩍 내밀고 복도 건너편을 보았다.

도둑은 거기, 유리벽으로 된 작은 사무실에 있었다. 그는 서류 캐비닛을 샅샅이 뒤지고 있었다.

잠시 후 마침내 그가 종이, 아니, OMR 답안지 한 장을 꺼냈다. 그건 분명히 정답지였다.

내 예상과 달리 그는 정답지를 사진으로 찍지 않았다. 그는 가방에서 서류 봉투를 꺼내더니 또 다른 OMR 답안지 한 장을 꺼냈다.

며칠 동안 이 순간을 상상해왔지만 지금 내가 보고 있는 것을 도무지 믿을 수가 없었다. 그는 OMR 답안지를 바꿔치기하고 있었다. 게다가 그는 바로, 다름 아닌……

그가 일을 끝낼 때까지 마냥 기다리고 싶지 않았다. 그럴 수는 없었다. 하지만 그가 나를 볼지도 모른다. 나는 머리를 화장실 안으로 도로 넣고 문을 닫은 뒤 그가 떠나기를 기다렸다.

나는 손에 쥐고 있는 휴대폰을 내려다보았다. 사진을 한 장도 찍지 못했다. 나는 완전히 넋이 나가 있었다. 오빠 말이 맞았다. 손은 도둑이 아니었다.

도둑은 오빠였다.

"11"
발등을 찍다

뭔가 잘못된 게 분명하다. 오빠는 OMR 사기꾼이 아니다. 오빠가 그럴 리 없다. 오빠는 절대로 도둑질을 할 사람이 아니다!

하지만 오빠는 도둑질을 했고, 내가 두 눈으로 똑똑히 보았다. 오빠는 드레이퍼 선생님의 사무실에 침입해서 정답지를 바꿔치기 했다. 하지만 왜? 오빠는 드레이퍼 선생님의 반이 아니다. 설령 그 선생님 반이라 해도 오빠는 컨닝을 할 필요가 없다. 오빠는 천재니까!

돈 때문에 그랬을까? 그것 역시 말이 되지 않는다. 우리 집은 부자는 아니지만 가난하지도 않다. 그리고 오빠는 아르바이트도 한다. 그렇다면, 그렇다면 혹시⋯⋯

오빠가 마약을 하고 있나?

그 생각이 떠오르기 무섭게 머릿속에서 떨쳐냈다. 오빠는 너무 건강하고 튼튼해서 화학 물질 같은 것으로 몸을 망칠 사람이 아니다. 그런 걸로 자신의 농구 인생을 위태롭게 할 리 없다.

떨리기 시작했다. 쇼크가 올 것 같았다. 오빠가 도둑이라는 생각을 감당할 수가 없었다. 하지만 그게 사실이더라도 오빠가 내 오빠라는 사실에는 변함이 없다! 오빠가 나쁜 일을 했는지는 모르지만 나쁜 사람은 아니다. 내가 오빠가 한 일을 떠벌린다는 건 있을 수 없는 일이다.

그때 무슨 소리가 들렸다. 큰 소리는 아니었지만, 문을 살짝 열어볼 수밖에 없었다.

누군가가 복도를 가로질러 교실로 들어가고 있었다. 드레이퍼 선생님? 학교관리인? 혹시 오빠가 다시 온 건지도 모른다. 다시 생각한 끝에 정답지를 되돌려놓으려는 건지도 모른다.

나는 서류 캐비닛의 서랍이 열리는 소리가 날 때까지 기다렸다. 그러고는 문 밖으로 고개를 슬쩍 내밀고 작은 사무실 쪽을 보았다.

거기에 누가 있었다.

그러나 오빠는 아니었다. 드레이퍼 선생님도 아니었고 학교관리인 역시 아니었다.

그는 숀이었다.

숀은 서류철에서 정답지를 꺼내 책상 위에 얹어놓고 휴대폰으로 사진을 찍었다. 그러고는 서류철에 다시 넣은 뒤 서랍을 닫았다.

나는 화장실로 도로 들어가서 문에 귀를 갖다 댔다. 그러다가 아무 소리도 안 들릴 때 복도로 나갔다.

숀은 가고 없었다.

안도감이 밀려왔다. 한 3초 정도.

이게 어떻게 돌아가는 일일까? 아까는 오빠가 드레이퍼 선생님의 사무실에 숨어들어 정답지를 바꿔치기했다. 그런데 이번에는 숀이 침입해 오빠가 남겨둔 정답지를 촬영해 갔다.

오빠와 숀, 둘 다 사기꾼인가? 각자 따로 일을 꾸민 건가? 아니면 둘이 역할을 나눠 맡은 건가?

도대체 알 수가 없었다. 만약 둘이 함께하는 거라면, 숀은 왜 오빠가 바꿔치기하기 전에 진짜 정답지를 찍지 않은 걸까? 그건 그렇고 오빠는 처음부터 뭐하려고 정답지를 바꿔치기한 걸까?

집으로 걸어가면서 사건의 앞뒤를 맞춰보려고 머리를 굴려봤지만 하나도 맞아떨어지지 않았다.

우리 집 골목으로 들어섰을 때, 나는 걸음을 늦추었다. 비가 쏟아지고 있었지만 발이 잘 떨어지지 않았다. 비에 쫄딱 젖는 것보다 오빠를 어떻게 볼지가 더 걱정이었다.

어떻게 해야 하지? 드레이퍼 선생님의 교실에서 오빠를 봤다고 말할까? 어떻게 된 건지 설명해보라고 할까? 오빠를 고발하겠다고 협박할까? 내가 아는 사실을 들이대도 오빠가 자백을 거부하면 그때는 어떡하지?

어떻게 해야 할지 알 수 없었다. 전혀.

아무래도 지금 당장은 안 되겠다. 생각할 시간이 필요하다. 드레이퍼 선생님 사무실에서 나는 오빠를 봤지만 오빠는 나를 못 봤다. 오빠는 내가 자기 잘못을 안다는 걸 모른다. 내가 표정 관리를 잘만 한다면 오빠는 의심하지 않을 것이다. 하지만 나는 자기감정을 숨기는 데 서투르기 때문에 성공한다면 그건 기적일 것이다. 결국 최선의 방법은 오빠를 피하는 것이다.

하지만 그럴 기회도 없었다. 오빠는 위층 복도에서 나를 기다리고 있었다. 자기 방문 앞에 구부정하게 앉아 있었는데 마지막으로 봤을 때보다 열 살은 더 나이 들어 보였다.

"너한테 할 말이 있어."

"뭔데?"

나는 오빠의 시선을 피하며 우물거렸다.

벽에서 몸을 일으켜 자기 방으로 들어가며 오빠가 말했다.

"알면서 뭘."

" 12 "
밝혀진 사실

머릿속에서 비명 소리가 들렸다. 안 돼!

나는 오빠를 마주할 준비가 안 돼 있었다. 그런데도 내 몸은 오빠를 따라가고 있었다.

내가 방문을 닫기도 전에 오빠가 말을 시작했다.

"한 번 더 부탁할게, 로렐. 이 기사 쓰지 마라. 지난번 부탁은, 숀을 위해서였어. 하지만 이번엔 날 위해 부탁할게."

갑자기 웃음이 나왔다. 누가 기분 좋게 살살 간질일 때 나오는 즐거운 웃음이 아니었다. 도끼로 살인을 막 저지르려는 사람에게서나 나올 법한 그런 웃음이었다. 나는 미친 사람처럼 웃고 있는 게 분명했다. 오빠의 표정이 그렇게 말하고 있었다.

오빠는 얼굴을 찌푸렸다. 그러고는 한 발짝 뒤로 물러섰다.

"너, 맛이 갔구나?"

그 말에 정신이 돌아왔다.

"나보고 맛이 갔냐고?"

나는 어이가 없어서 한 번 더 말했다.

"맛이 간 사람은 내가 아니라 오빠 같은데?"

"멍청이. 미친 사람처럼 낄낄거리고 웃은 사람은 내가 아니거든."

"하지만 컨닝 사업에 홀딱 빠져든 사람은 내가 아니거든!"

나는 도로 쏘아붙였다.

맞다. 나는 그렇게 말했다. 그리고 오빠의 얼굴이 창백해졌다. 내 말이 정곡을 찌른 모양이었다. 내가 한 말을 도로 주워 담을 수 있으면 싶었다.

"오빠가 오늘 드레이퍼 선생님 사무실에 있는 거 봤어."

비난은 아니었다. 단지 사실을 말한 것뿐이었다.

"내 두 눈으로 똑똑히 봤어. 오빠가 정답지를 바꿔치기하는 걸 내가 봤다구."

나는 오빠가 부인하기를 바랐지만 오빠는 침대에 털썩 주저앉아서 깔개를 물끄러미 내려다보았다.

"좀 복잡한 사정이 있어, 로렐."

하지만 나는 아무 말도 하지 않았다.

오빠는 책상 위로 팔을 뻗어 커다란 갈색 봉투를 집어 들었다. 드레이퍼 선생님의 사무실에 가져왔던 그 봉투가 틀림없었다.

오빠는 봉투를 자기 옆에 놓았다. 그러고 나서 나를 바라보았다.

"아무 소리 말고 내 얘기를 끝까지 들어줘. 그 다음엔 네가 하고 싶은 대로 해도 좋아."

나는 고개를 끄덕였다.

"좋아. 네가 숀에 대해 말한 거 말이야, 그거 맞아. 숀은 컨닝 정답지를 팔고 있었어. 하지만 처음부터 그랬던 건 아냐. 숀은 괜찮은 애지만 똑똑한 학생은 아니야, 특히 수학은. 믿어줘, 내가 확실히 알고 하는 말이니까. 숀이랑 함께 공부를 해봤거든. 숀한테 수학은 외국어나 다름없었어. 도무지 알아듣지를 못했다구."

"그렇다고 컨닝을 해도 되는 건 아니야."

오빠가 얼굴을 찌푸리고 나를 보았다.

"야, 끝까지 들어봐."

"미안."

"학년 초에 숀은 드레이퍼 선생님의 생물 실험실 도우미가 됐어. 내 생각엔 숙제에 유리할 거라고 기대한 것 같아. 그리고 돈도 조금 벌 수 있었고. 숀은 돈이 별로 없었거든. 숀네 집은 늘 돈에 쪼들리는 눈치였어.

숀이 맨 처음 컨닝을 한 건 농구 시즌이 시작될 무렵이었대. 중요한 수학 시험이 있었는데 숀은 꼭 통과를 해야 했어. 안 그럼 농구부에서 잘리게 되거든. 그런데 드레이퍼 선생님이 숀한테 뭘 좀 가져오라고 심부름 시켰고 그때 우연히 정답지를 발견하게 된 거야. 그리고……."

오빠는 어깨를 으쓱하곤 말을 이었다.

"유혹이 너무 컸던 거지. 숀은 정답지를 촬영했어. 그리고 직접 컨닝 답안지를 만들었대. 적당히 통과한 것처럼 보일 만큼만 정답을 베껴서."

"그런데 그게 어떻게 사업이 된 건데?"

"그 얘기를 하려는 참이야."

오빠는 목청을 가다듬고 다시 얘기를 이어갔다.

"두 번째 컨닝 때까지는 나도 몰랐어. 중요한 농구 대회가 다가오고 있었는데. 숀은 참가비가 없었어. 그때 숀한테 컨닝 답안지를 팔면 되겠다는 생각이 떠올랐던 거야. 순식간에 정말로 반 전체가 고객이 되었대. 숀은 모두한테 진짜 정답지를 줄 수는 없다는 걸 깨달았어. 만약 반 전체가 A를 받는다면 의심을 받아 붙잡힐 게 뻔하니까. 하지만 반 애들이 평소와 비슷한 성적을 받게 하려면 각자에게 정답을 몇 개씩 줘야 할지 숀은 전혀 알 수가 없었던 거야."

"그 대목에서 오빠가 개입을 했구나."

오빠는 한숨을 쉬었다.

"처음에 숀이 도와달라고 했을 때 난 질겁해서 절대로 안 된다고 했어. 하지만 숀은 벌써 농구 대회 경비로 돈을 다 써버렸다고 하더라. 만약 컨닝 답안지를 내놓지 못한다면 숀은 끝장나는 거지. 반 애들이 학교에 일러바치거나 죽이거나 둘 중 하나였겠지."

오빠는 내가 이해해주기를 간절히 바라는 눈빛이었다.

"숀은 내 친구야. 도와줄 수밖에 없었어."

"하지만 한 번뿐이 아니었잖아."

오빠는 고개를 끄덕였다.

"몇 번이나 한 거야?"

"그 뒤로 한 번 더. 그러곤 숀한테 이제 끝이라고 말했어. 더 이상은 안 하겠다고. 농구 시즌이 거의 끝나가고 있었기 때문에 숀도 더 이상 컨닝을 할 이유가 없었고."

"그런데……."

"그런데 숀은 그만두려고 하지 않았어. 마지막으로 딱 한 번만 더 도와달라고 날 따라다니며 괴롭혔어. 하지만 난 칼같이 딱 잘라 말했지, 안 된다고. 그랬더니 혼자서 하겠다고 하더라."

오빠는 비참해 보였다.

"그래서 항복했구나."

그 말에 오빠가 고개를 번쩍 치켜들었다.

"천만에! 난 이미 했던 것만으로도 충분히 기분이 더럽거든. 그런 짓은 다시는 안 해. 다시는 그 짓을 할 수가 없다구."

오빠는 잠시 입을 다물었다가 덧붙였다.

"숀이 그 짓을 하도록 놔둘 수도 없었고."

오빠는 봉투를 집어 들고 열었다.

"네가 오늘 드레이퍼 선생님 사무실에서 날 봤을 때, 난 진짜 정답지를 가짜로 바꿔치기하고 있었어. 만약 숀이 그걸로 컨닝 답안지를 만들어 판다면 모두 낙제할 거고, 그럼 숀은 죽은 목숨이나 다름없지."

"그래서 이제 어쩔 건데?"

"숀한테 전화해서 숀이 갖고 있는 정답지가 가짜라는 걸 말해 줘야지."

오빠는 침대에 다시 털썩 주저앉더니 천장을 뚫어져라 쳐다보았다.

"보나 마나 숀은 펄펄 뛰겠지."

"아마도. 그치만 더 큰 곤경에 빠지진 않겠지."

" 13 "
마지막 선택

컨닝 사건은 내게 명성을 안겨줄 게 분명한 기삿거리였다. 〈아일런더〉 편집국장에게 또 한 번 인정받게 해줄 흥미진진한 스캔들이었다. 에이스 기자로서의 명성과 함께 마침내 나는 잭 퀸의 여동생이 아니라 나 자신으로서 인정받게 될 것이다.

내가 신경을 쓴 건 오로지 기사가 나한테 안겨줄 영광이었다. 그런 점에서 오빠 말이 맞았다. 사기꾼이 학교의 이름 모를 누군가였을 때는 모든 것이 괜찮았다. 그걸 폭로한 뒤에 어떤 일이 벌어질지도 생각해보지 않았다. 심지어 숀이 관련되었다고 생각했을 때도 나는 아무렇지 않았다.

하지만 오빠가 컨닝에 관련된 걸 알게 되자, 모든 일이 그렇게 뚜렷이 구분되지 않았다. 오빠는 나쁜 일을 했지만 나쁜 사람은 아니었다. 그리고 나는 학교의 모든 사람들에게(지역의 모든 사람들에게) 오빠가 저지른 일을 말할 수는 없었다. 그렇다고 숀이 저지른 일만 밝히는 건 불공평했다.

그래서 나의 기사는 날아갔다.

그래도 나는 여전히 기사를 써야 했다. 그래서 나에 대해 쓰기로 했다. 말하자면 기삿거리를 추적하면서 배운 것에 대해 쓰기로 한 것이다.

처음 컨닝에 대한 기사를 쓴 뒤에 모두가 엄청나게 나를 미워했다. 그때 나는 사실을 보도해야 한다는 책임감 같은 걸 느꼈던 것 같다. 하지만 어쩌면 나한테 화가 난 아이들의 말이 맞는지도 모른다. 나는 그저 사실만 보았지 사람은 보지 못했다. 이제 나는 친구들 사이에서는 그것을 범죄가 아니라 우정 어린 행동으로 볼 수도 있다는 걸 알게 되었다.

하나의 기사에 언제나 얼마나 다양한 입장이 있을 수 있는지 알게 되었다. 내가 남들을 섣불리 판단한 것에 대해 사과한다. 때로는 사람들이 어떤 행동을 한 이유가 행동 그것만큼 중요하다. 그리고 더 중요한 것, 결국 가장 중요한 것은 자기 자신에게 떳떳한 것이다.

나는 나의 독자들에게(혹시라도 독자가 한 명이라도 남아 있다면) 이렇게 썼다. 재럿과 데일의 이름은 여전히 밝히지 않았다. 이건 내가 쓰고 싶은 기사는 아니었지만 써야 하는 기사였다. 나는 며칠 동안 공들여서 기사를 썼다.

그렇다고 이 기사가 내가 입힌 피해를 없애주지는 않을 것이다. 애들이 다시 나한테 말을 걸어오지도 않을 것이다. 하지만 나는 실수에서 교훈을 얻었고 거기서 다시 시작해야 하는 것이다.

신문이 나온 다음 날 아침, 신문사 편집실에서 또 다른 봉투가 나를 기다리고 있었다.

읽자마자 내 정보원이 보냈다는 걸 알았다. 거기에는 이렇게 적혀 있었다.

기삿거리를 밥상에 다 차려줬는데도 엎어버리다니.
네가 다 날려버렸다구.

완전 대박! 이제 내 정보원까지도 나를 미워하게 된 거다. 대부분의 학생들은 내가 쓴 것 때문에 나한테 분노했다. 그런데 이 남자애(글씨체로 보아 남자애 같았다)는 내가 쓰지 않은 것 때문에 나한테 분노하고 있었다.

아침 방송 후에 숀이 교장실로 불려갔다. 내 정보원이 일을 처리한 것이 분명했다. 내가 컨닝 사건에 대해 기사를 쓰지 않았기 때문에 그는 직접 교장선생님에게 가기로 결심했을 것이다. 하지만 그는 오빠가 관련된 것은 모르고 있었다.

숀은 여전히 오빠한테 화가 나 있었지만 결코 오빠에 대해 일러바치지는 않았다. 자기에 대한 고발 내용도 부인할 수 있었을 텐데(증거는 없고 말뿐이었을 테니까) 숀은 모든 것을 털어놓았다.

숀은 바튼 고등학교에서 쫓겨나 다른 학교로 전학을 갔다. 유치원 때부터 알고 지내던 친구들과 함께 졸업하지 못하게 된 것이다.

나쁜 일을 저지르긴 했지만 숀이 범죄 성향을 지닌 탓이라고 보기는 어려울 것 같다. 숀은 단지 의지가 약했던 것뿐이다. 만약 내가 설문조사를 싣지 않았더라면 아무도 몰랐을지 모른다. 하지만 달리 생각해보면 내 기사가 아니었더라도 내 정보원은 교장 선생님에게 갔을지 모른다. 어느 쪽이 맞는지 알 수 없지만 그래도 나는 모든 일이 내 잘못 같았다.

나는 양심의 가책으로 괴로웠지만 오빠에 비하면 아무것도 아니었다. 숀이 쫓겨난 날 오빠가 어쩌고 있는지 보려고 오빠 방에 가보았다.

"내 잘못이야!"

오빠는 끙끙거리며 방을 오락가락했다.

"처음에 숀의 부탁에 넘어가지만 않았어도 아무 문제 없었을 텐데."

"그만 자책해, 오빠."

나는 넌지시 말했다.

"숀은 커닝 답안지를 넘겨주기도 전에 돈을 다 써버렸어. 기억 나? 오빠가 도와주지 않았으면, 숀은 그때 친구들한테 흠씬 두들겨 맞았을 거야. 그랬으면 좋았겠어?"

오빠는 나를 무섭게 노려보더니 계속 구시렁거렸다.

"그래도 내가 뭔가를 했어야 했어. 돈을 돌려준다든가, 아니면 뭐든."

"언제 오빠한테 그만한 돈이 있기나 했어? 숀은 수학 시험 한 번에 600달러를 벌었다구!"

"아니면……."

"그쯤 해, 오빠."

나는 오빠의 말을 가로막았다.

"이건 오빠 잘못이 아니야. 숀도 그걸 알고. 그래서 오빠를 걸고 넘어가지 않은 거야."

오빠는 침대에 맥없이 주저앉았다.

"숀 혼자 뒤집어쓰는 건 옳지 않아."

"오빠까지 곤경에 빠져서 좋을 게 뭐가 있는데? 숀한테 달라지는 건 하나도 없잖아."

"나도 알아. 하지만 날 위해 뭔가 달라져야 돼. 네가 말했잖아, 로렐. 결국 가장 중요한 건 자기 자신에게 떳떳한 것이라고."

오빠는 엄마와 아빠한테 사실을 털어놓았고, 다음 날 아침 교장선생님에게도 모든 것을 말씀드렸다.

학교에서 돌아와 방문을 두드리자 오빠가 들어오라고 했다. 오빠는 침대에 큰 대자로 누워 천장을 빤히 쳐다보고 있었다.

"그래서 어떻게 됐어?"

"정학 먹었어."

오빠는 화가 나지도, 당황한 것 같지도 않았다. 그냥 사실을 담담하게 전하는 것처럼 들렸다.

"얼마 동안?"

"2주. 엄마 아빠는 당분간 외출 금지래."

"그게 다야?"

오빠는 고개를 들고 나를 흘겨보았다.

"왜, 그 정도론 부족한 것 같냐?"

"내 말은, 오빠도 다른 학교로 전학 가게 되는 게 아니냔 거지. 숀처럼 말이야."

오빠는 침대 가장자리에 일어나 앉아 다리를 흔들었다.

"아니. 교장선생님이 말씀하시더라. 만약 올해 농구 시즌이 끝나지 않았다면 농구부에서 쫓겨났을 거라고."

"음, 그럼 일단은 잘된 거네. 만약 그랬으면 대학에서 스카우트 제안을 못 받았을 거야."

"그래. 그런데 어쩌면 차라리 그게 더 나았을지도 모르지. 그랬다면 기대도 안 할 테니까."

"무슨 소리야?"

나는 조심스럽게 물었다.

오빠는 미소를 지었지만 상당히 애처로워 보였다.

"교장선생님하고 코치님이 날 선발한 대학에 추천서 보냈던 거 기억나?"

나는 고개를 끄덕였다.

"응. 근데 왜?"

"교장선생님이 그러시더라. 내가 한 짓을 이제 그 대학들에 알려야 한다고."

"아, 안 돼."

나는 숨이 턱 막혔다.

"그럼 대학들이 장학생 제안을 취소할 텐데?"

오빠는 어깨를 으쓱했다.

"나도 몰라. 교장선생님 생각으론, 대학 측이 날 잘못 선발했다고 생각할 만큼 도덕적으로 큰 문제가 될 것 같지는 않대. 그래서 편지에 그런 뜻을 밝힐 생각이라고 하셨어."

"그나마 다행이네. 맞지?"

나는 기대감을 갖고 물었다.

"나도 잘은 몰라."

오빠는 또 한 번 어깨를 으쓱했다.

"두고 봐야지 어떡하겠어."

나는 고개를 끄덕였다. 속이 빈 것 같았다. 텅텅.

모든 것이 잘못되었다. 나를 유명 인사로 만들어줄 거라고 기대했던 대박 기사가 정반대의 결과를 가져왔다. 그것은 나를 왕따로 만들었고, 손과 오빠의 평판을 망쳤으며, 둘의 우정에 금이 가게 만들었다. 심지어 오빠의 농구 인생까지 끝날지도 모르게 되었다.

진실도 때로는 우리를 다치게 할 때가 있다. 진실이란 이토록 무섭고 버거운 것이다.

이제 내가 할 수 있는 건 모든 일이 좋아지기를 바라고 기다리는 것뿐이다. 오빠가 말한 것처럼, 두고 볼 수밖에.

『컨닝 X파일』 깊게 읽기

김영아 (경주 문화중학교 교사)

『컨닝 X파일』, 재미있게 읽으셨나요? 이 소설은 참 많은 장점을 가지고 있습니다. 우선 정말 재미있습니다. 추리소설 못지않은 긴장감과 빠른 사건 전개, 뜻밖의 반전, 뒷이야기에 대한 궁금증 때문에 일단 손에 잡으면 끝까지 읽어볼 수밖에 없습니다. 또 소설 속의 사건들은 지금 우리 곁에서 벌어지고 있는 일처럼 생생합니다. 캐나다의 학교 이야기지만 별로 낯설지가 않지요.

『컨닝 X파일』의 더 큰 장점은 길이는 짧지만 그 속에 담긴 생각들은 결코 짧지 않다는 것입니다. 줄거리만 따라가다 보면 놓칠 수도 있지만 우리가 깊이 생각하고 토론해볼 만한 좋은 주제들이 참 많이 들어 있거든요. 여러분이 이 소설을 읽고 저마다 다른 생각을 치열하게 나누는 모습을 보게 된다면 이 책을 옮긴 저는 참 행복할 것 같습니다.

여러분이 수많은 선택의 갈림길에서 언제나 현명하고 용기 있는 선택을 하는 사람이 되기를 응원하면서 이제 『컨닝 X파일』 깊게 읽기, 시작해볼까요?

I. 결말, 너무 아쉬운가요?

로렐의 여정을 따라오는 내내 바짝 긴장해 있었던 여러분이 결말에서 어떤 표정을 지을지 예상이 됩니다. '어, 이게 뭐야? 이렇게 허무하게 끝나는 거야?' 속도감과 긴장감이 넘치던 사건 전개에 비해 결말이 싱겁다는 생각에 실망하는 여러분의 표정이 떠오릅니다. 게다가 여러분은 깔끔하게 딱 마무리되는 결말을 좋아하는 경향이 있으니까 책을 덮으면서 아쉬움과 황당함을 느끼는 사람들이 많을 것 같네요.

그렇다면 작가는 왜 이렇게 아쉬운 결말을 설정한 것일까요? 아마 소설의 결말을 여러분 스스로 상상해보도록 하려는 의도가 아닐까 생각합니다.

이제 내가 할 수 있는 건 모든 일이 좋아지기를 바라고 기다리는 것뿐이다. 오빠가 말한 것처럼, 두고 볼 수밖에.

로렐의 마지막 말처럼 '두고 본' 뒤에 과연 어떤 일이 벌어질까
요? 아니, 어떤 일이 벌어졌으면 좋겠다고 생각하나요? 어떤 사
람은 '해피엔딩'을 원하겠죠. 교장선생님의 예상대로 대학이 잭의
잘못을 문제 삼지 않고 잭 앞에는 처음처럼 밝은 미래가 펼쳐지
는 겁니다. 상상하기는 쉬운데 너무 동화 같죠?

자, 그럼 해피엔딩이 아니라면 이제 잭에게 어떤 일들이 닥쳐오
게 될까요? 모든 대학이 잭의 부정직성을 문제 삼아 장학생 제의
는 물론 입학 허가까지 취소하는 것이죠. 어느 대학에 가는 것이
최선일까를 고민하던 잭은 가야 할 대학이 없어서 절망하게 되고
삶의 방향을 수정할지도 모르겠네요. 이런 결말은 좀 섬뜩하지
않나요? 특히 잭의 입장에서는 상상도 하기 싫을 결말입니다.

그러면 이제 여러분이 바라는 결말이 아니라, 여러분이 보기에
바람직한 결말은 무엇일지 한번 생각해봅시다. 과연 잭과 로렐의
기다림 뒤에 어떤 미래가 준비되는 것이 바람직하다고 생각하나
요? 대학들이 잭의 도덕성을 문제 삼아 입학 허가를 취소하는 것
이 바람직할까요, 아니면 큰 문제가 아니라고 보고 그대로 장학

생으로 받아들여주는 것이 바람직할까요? 그리고 여러분의 판단에 대한 근거는 무엇인가요?

기발함과 총기가 반짝이는 여러분들은 아마 뜻밖의 새롭고 멋진 결말을 상상해냈을지도 모르겠습니다. 작가는 어느 쪽이든 그 상상을 여러분의 몫으로 남겨준 것이라고 생각합니다. 결말을 이렇게 열어둠으로써 여러분들이 더 많이 생각해보기를 바랐던 게 아닐까요? 좋은 책은 작가와 독자가 함께 만들어가는 것이고 그 상상의 과정에서 여러분의 생각하는 힘도 쑥쑥 자라날 것입니다.

2. 컨닝, 상황에 따라서 할 수도 있는 건가요?

컨닝 사건 앞에서 로렐은 외로운 싸움을 시작합니다. 로렐 말고는 아무도 컨닝에 대해 심각하게 생각하지 않기 때문이죠. 더구나 친한 친구들조차도 로렐과는 생각이 너무 다릅니다. 컨닝에 대한 세 친구의 생각을 정리해보면 다음과 같습니다.

로렐 : 컨닝이나 은행 강도나 부정직한 일인 것은 마찬가지다.

타라 : 컨닝은 은행 강도와는 다르고 누구나 다 컨닝을 한다.

리즈 : 컨닝은 난처한 상황에 빠진 친구를 돕는 일이고 학교에서만 중요할 뿐 진짜 세상에서는 중요하지 않다.

여기서 분명히 짚고 넘어가야 할 것이 있습니다. 이 소설은 캐나다의 학교를 배경으로 하는데 학생들이 컨닝을 하는 이유가 우리나라와 좀 다르다는 거지요. 소설 속의 인물들이 컨닝을 하는 이유는 낙제를 당하지 않기 위해서(우리나라에는 낙제 제도가 없어서 성적이 아주 나빠도 진급에는 문제가 없지요), 운동부에서 쫓겨나지 않기 위해서(우리나라의 운동부는 공부와는 사실상 거리가 멀지요), 외출 금지를 당하지 않기 위해서(우리나라에서 부모님이 이런 벌을 주고 자녀가 그걸 또 지키는 일은 찾아보기 힘들지요) 등입니다.

하지만 우리나라 학생들이 컨닝을 하는 목적은 대개 석차를 올려서 상급 학교에 진학할 때 남들보다 유리한 자리를 차지하려는 것입니다. 결국 컨닝을 했을 때 그 결과가 다른 사람들에게 끼치는 영향력은 우리나라가 더 크다고 볼 수 있지요.

이런 우리의 현실까지 고려했을 때 여러분은 세 친구 중 누구의 생각이 옳다고 여겨지나요? 또 비판하고 싶은 잘못된 생각은 없나요? 리즈의 말처럼 과연 컨닝은 학교에서만 중요한 것일까요? 로렐의 말처럼 컨닝은 정말 은행 강도만큼 나쁜 일일까요? 타라의 말처럼 누구나 다 한 번쯤은 컨닝을 하니까 그래도 괜찮은 걸까요? 남들은 컨닝을 하는데 나만 정직할 필요는 없는 건가요? 나의 컨닝 때문에 부당한 피해를 입는 사람이 생기는 건 아닐까요?

여러분이 컨닝에 대해 스스로 뚜렷한 기준을 세우고 있다면 컨닝이라는 '위험한 유혹' 앞에서 '현명한 선택'을 할 수 있을 것이라고 생각합니다.

3. 우정, 참된 친구의 조건은 무엇일까요?

이 소설의 핵심 사건은 컨닝이지만 그에 못지않게 시선을 사로잡는 것은 잭과 숀의 우정입니다. 특히 잭이 친구인 숀을 위해 선택하는 행동들은 강한 인상을 남깁니다. 처음 여동생인 로렐이 숀을 의심했을 때 잭은 숀을 변호합니다.

"그래, 숀은 드레이퍼 선생님의 도우미라구. 당연히 드레이퍼 선생님이 열쇠를 어디에 두는지 알 수밖에 없지. 숀이 늘 선생님께 이것저것 갖다 드렸으니까."

그럼에도 로렐이 의심을 풀지 않고 숀의 뒤를 밟자 위협도 합니다.

"당장 그만둬. 숀은 내 친구야. 네가 그 한심한 기삿거리로 숀의 이름을 더럽히게 내버려둘 순 없어."

그리고 숀이 혼자서라도 컨닝을 계속 하겠다고 하자 친구를 막기 위해 스스로 위험을 무릅씁니다.

"네가 오늘 드레이퍼 선생님 사무실에서 날 봤을 때, 난 진짜 정답지를 가짜로 바꿔치기하고 있었어. 만약 숀이 그걸로 컨닝 답안지를 만들어 판다면 모두 낙제할 거고, 그럼 숀은 죽은 목숨이나 다름없지." ······ "숀한테 전화해서 숀이 갖고 있는 정답지가 가짜라는 걸 말해줘야지."

여러분이 숀이라면 잭의 행동을 어떻게 받아들였을 것 같나요? 잭을 진짜 소중한 친구라고 생각했을까요? 잭의 행동을 긍정적으로 보나요, 아니면 부정적으로 보나요? 또, 여러분이 잭이라면 어떻게 했을 것 같나요? 애초에 숀이 컨닝을 도와달라고 했을 때 어떻게 했어야 할까요? 숀과의 우정을 망치지 않으면서 문제를 잘 해결할 수 있는 방법이 있었을까요? 친구가 잘못된 일을 함께 하자고 부탁해올 때 여러분은 어떻게 할 건가요? 친구의 잘못을 알았을 때 모른 척할 건가요, 친구가 잘못을 고치도록 어떻게든 도울 건가요?

참된 친구, 진정한 우정을 얻는 것은 정말 어려운 일입니다. 하지만 그것보다 더 어려운 것은 그 우정을 이어가는 것이지요. 여러분 주위의 친구들을 한번 돌아보세요. 나에게는 진정한 친구가 있는지, 또 나는 누군가에게 진정한 친구가 되어주고 있는지.

4. 고백, 자기 잘못을 털어놓을 용기가 있나요?

로렐이 컨닝 기사를 싣지 않자 정보원은 직접 교장선생님에게 사건을 제보합니다. 그 결과 숀은 강제 전학이라는 처벌을 받게 되지만 친구인 잭이 컨닝에 가담한 사실은 밝히지 않습니다. 그럼에도 잭은 양심의 가책을 느낍니다.

"죄 혼자 뒤집어쓰는 건 옳지 않아."

"오빠까지 곤경에 빠져서 좋을 게 뭐가 있는데? 丑한테 달라지는 건 하나도 없잖아."

"나도 알아. 하지만 날 위해 뭔가 달라져야 돼. 네가 말했잖아, 로렐. 결국 가장 중요한 건 자기 자신에게 떳떳한 것이라고."

손도 입을 다물어준 상황에서, 더군다나 사실을 털어놓았을 때 대학 입학에 불이익이 닥칠 수도 있는 상황에서 잭이 선택한 이 행동을 여러분은 어떻게 생각하나요? 바보 같은 짓일까요, 아니면 정말 훌륭한 행동일까요?

컨닝을 주도한 사람은 손이고 손은 컨닝 덕분에 농구부에서 잘리지 않았고 엄청난 액수의 돈까지 벌었습니다. 하지만 잭은 절친인 손을 돕기 위해 컨닝에 가담한 것이었을 뿐, 자신은 아무런 이득도 얻지 못했죠. 그런 잭이 컨닝 가담 사실을 고백하는 것은 자신에게만 너무 큰 손해가 되는 것 아닐까요? 학교의 전설이라는 명예를 상실하게 되고, 최악의 경우 프로 농구선수가 되기 위해 착실히 쌓아온 경력이 물거품이 될지도 모르는 위험을 감수할 필요가 있었을까요?

그럼에도 잭은 자신에게 떳떳해지기 위해 부모님과 교장선생님에게 자신의 잘못을 고백합니다. 그 결과 정학을 당하고 장학생을 제안한 대학교에 자신의 행동이 알려집니다. 어떻게 보면 강제 전학을 당한 숀보다 잭이 더 큰 대가를 치르는 것 같기도 합니다.

과연 '자신에게 떳떳해지는 것'이 무엇을 의미하는 것일까요? 어떻게 행동해야 자신에게 떳떳한 것일까요? 또 자신에게 떳떳한 것은 남들에게는 보이지도 않는 내면의 문제인데 그게 그리 큰 의미가 있을까요? 자신에게 떳떳해지는 것이 이런 희생을 감수할 만큼 가치 있는 일이라고 생각하나요? 여러분은 잭의 행동에 동의할 수 있나요? 여러분이라면 이런 상황에서 어떻게 했을까요?

잭의 행동에는 찬반의 입장이 갈릴 수 있겠지만, 잭의 행동이 용기 있는 일이라는 데는 다들 동의할 것 같습니다. 다른 사람을 위해 용기를 발휘하는 것도 어려운 일이지만 잭처럼 자신의 잘못을 고백하는 용기를 내기는 정말 어렵습니다. 그래서 잭이야말로 정말 용감한 사람이라고 생각합니다. 그리고 잭처럼 용기 있는 사람이 많아질 때 이 세상은 좀 더 공정하고 살 만한 곳이 될 거라고 믿습니다.

5. 무관심, 정확한 이름은 '방관' 아닐까요?

만약 여러분의 교실에서 『컨닝 X파일』과 같은 일이 벌어진다면 여러분은 어떻게 할 것 같은가요? 소설 속에서는 대부분의 아이들이 컨닝에 가담하고 그렇지 않은 아이들도 이 일에 대해 모른 척하기 때문에 숀은 여러 번 컨닝을 계속 할 수 있었습니다. 리즈가 모범생 언니인 한나에 대해 말한 것을 보면 이런 분위기를 잘 알 수 있지요.

"뭐, 별로. 처음엔 컨닝이 있었다는 것만 안다고 했어. 우리 언니는 천재지만 사회적으로 매장당하고 싶진 않은가 봐."

사회적으로 매장당하고 싶지 않다는 한나의 마음, 여러분도 잘 알고 있죠? 나에게 직접 피해가 생기는 일이 아니면 나서지 않는 게 낫다는 생각을 하는 친구들이 참 많습니다. 그러나 옳지 않은 일을 보고도 모른 척하는 것이 과연 나에게 이로운 행동일까요? 아무리 부당하고 비열한 일이라도 내가 직접 겪는 일이 아니면 외면해도 될까요?

125

오빠는 어떻게 생각하느냐고 물어보니 오빠도 내가 과잉 반응을 보이는 거라고 대답했다.

바튼 고등학교에서 옳고 그른 것의 차이를 아는 사람이 나밖에 없단 말인가?

아니면 리즈와 타라가 옳은 건가?

아무것도 아닌 일에 내가 화를 내고 있는 건가?

훌륭한 기사를 쓰고 싶은 욕심도 있었지만 어쨌든 로렐이 컨닝 문제를 옳지 않은 일로 생각하고 기사로 다룬 것은 용기 있는 행동입니다. 또 한 사람, 로렐에게 컨닝에 대해 제보하고 결국 교장 선생님에게 그 문제를 알린 정보원이 있습니다. 여러분은 그 익명의 제보자를 어떻게 생각하나요? 그 아이의 행동은 잘한 일인가요, 아니면 '사회적으로 매장당해야 할' 일인가요? 여러분이 손과 같은 반이라면 여러분은 어느 유형의 학생이 되어 있을까요? 만약 시험에 이런 상황에서 여러분이 선택할 행동을 서술하라는 문제가 나온다면 여러분은 어떤 답을 쓸 생각인가요? 또 그것이 시험 문제가 아니라 실제 상황이라면 여러분은 여러분이 작성한 답처럼 행동할 건가요?

침묵은 동의로 해석되는 일이 많습니다. 불의에 대한 나의 침묵은 '중립'이 아니라 '긍정'의 역할을 할 수도 있습니다. 불의가 학교를 지배하도록 만드는 중요한 원인 중 하나가 나의 침묵일지도 모릅니다. 남의 일이라는 '무관심'의 정확한 이름은 '방관'이라는 것을 꼭 기억해주었으면 좋겠습니다.

6. 진실 보도, 목적이 수단을 정당화할 수 있나요?

이 소설의 주인공 로렐은 학교신문사의 기자로서 정말 기사다운 기사를 쓰고 싶은 욕심이 있습니다. 우연히 발견된 노숙자 이야기를 열심히 추적해 훌륭한 기사를 쓰면서 실력을 인정받게 되고 기자로서 대단한 자부심과 사명감을 느낍니다. 우연히 알게 된 친구들의 컨닝 장면을 기사로 쓰는 바람에 모두에게 비난을 받으면서도 진실을 밝히는 일에 몰두합니다.

교장선생님을 속였다는 것에 약간 죄책감이 들었다. 하지만 사건을 파헤치는 것이 기자가 할 일이라면 기자는 비열해질 수도 있다. 그것이 진실을 밝히기 위한 것이라면 더욱 그럴 만한 가치가 있다.

로렐은 진실을 밝히기 위해서라면 기자는 비열해질 수도 있다고 생각합니다. 여러분은 로렐의 이런 태도를 어떻게 생각하나요? 진실을 밝히겠다는 목적이 진실을 찾아가는 과정과 방법을 모두 정당하게 만들어주는 것일까요? 진실을 담은 기사만 쓴다면 기자는 어떤 수단과 방법을 동원해도 괜찮은 것일까요? 그렇지 않다면 기자가 사건을 추적하고 기사를 쓰는 과정에서 반드시 지켜야 하는 것은 무엇일까요? 그런 것들을 다 지키면서 진실을 밝히려면 한계가 있더라도 그 어려움을 감수해야 할까요?

또 하나 눈여겨볼 것은 오빠가 컨닝 사건에 관련된 것을 안 뒤의 로렐의 태도 변화입니다.

처음 컨닝에 대한 기사를 쓴 뒤에 모두가 엄청나게 나를 미워했다. 그때 나는 사실을 보도해야 한다는 책임감 같은 걸 느꼈던 것 같다. 하지만 어쩌면 나한테 화가 난 아이들의 말이 맞는지도 모른다. 나는 그저 사실만 보았지 사람은 보지 못했다. 이제 나는 친구들 사이에서는 그것을 범죄가 아니라 우정 어린 행동으로 볼 수도 있다는 걸 알게 되었다.

벌어진 사건은 똑같은데 그 사건을 바라보는 로렐의 관점이 달라졌습니다. 처음에 로렐은 재럿과 데일의 컨닝을 범죄로 보았고 그래서 설문조사를 하면서까지 기사로 썼습니다. 그런데 이제 로렐은 그 사건을 우정 어린 행동으로 볼 수도 있다고 생각합니다.

그렇다면 사건의 진실은 과연 무엇일까요? 기자의 관점에 따라 사건의 의미가 이렇게 달라져도 괜찮을까요? 기자는 사건에 자신의 관점을 어느 정도까지 반영해도 되는 걸까요? 그리고 우리는 우리가 보는 기사에 담긴 기자의 관점을 어떻게 파악하고 받아들여야 할까요?

우리는 날마다 퍼붓듯이 쏟아지는 기사의 홍수 속에 살고 있습니다. 수많은 기사를 바르게 이해하고 판단하는 능력이 무엇보다 중요한 시대지요. 여러분이 냉철한 이성과 날카로운 비판력을 길러야 하는 이유랍니다.

『컨닝 X파일』 깊게 읽고 토론하기

『컨닝 X파일』을 깊게 읽다 보면 서로 입장이 엇갈릴 수 있는 주제들이 많이 발견됩니다. 그중에서도 정반대의 입장에 설 수 있는 몇 가지를 토론 주제로 뽑아보았습니다. 두 가지 상반된 입장 중에서 나는 어느 쪽이 옳다고 생각하는지 의견을 정하고 그에 대한 근거를 생각해보세요. 중요한 것은 내가 선택한 의견에 대한 논리적이고 타당한 근거라는 것, 잘 알고 있죠?

1. 컨닝을 하는 것은 은행을 터는 것과

같은 일이다 VS 다른 일이다

2. 로렐이 재럿과 데일의 컨닝에 대해 기사를 쓴 것은

잘한 일이다 VS 잘못한 일이다

3. 컨닝 사건을 밝히기 위해 교장선생님께 거짓말을 한 로렐의 행동은

영리한 것이다 VS 비열한 것이다

4. 컨닝 행위를 알면서도 모른 척한 드레이퍼 선생님 반 아이들의 행동은

옳다 VS 옳지 않다

5. 잭이 정답지를 바꿔치기한 것은

진짜 의리 있는 행동이다 VS 친구를 배신하는 행동이다

6. 로렐이 오빠가 관련된 컨닝 사건을 보도하지 않은 행동은

옳다 VS 옳지 않다

7. 교장선생님께 컨닝 사실을 신고한 정보원의 행동은

잘한 일이다 VS 잘못한 일이다

8. 잭이 자신의 잘못을 고백한 것은

훌륭한 일이다 VS 어리석은 일이다

9. 책에 대한 대학들의 장학생 제의는

유지되어야 한다 VS 취소되어야 한다

10. 정말 친한 친구가 컨닝을 도와달라고 부탁해온다면

들어줄 것이다 VS 거절할 것이다

청소년 문학의 새 지평을 여는

미래인 청소년 걸작선

01 열두 살 소령

프랑스 르노도 상 · 아메리고 베스푸치 상
공쿠르 리세엥 상 수상작
평화박물관, 학교도서관저널 추천도서

아마두 쿠루마 지음 | 유정애 옮김 | 288쪽 | 값 9,000원

열두 살 소년 비라이마가 소년병이 되어 전쟁터에서 겪은 일들을 풍자적으로 그린 소설. 한창 뛰어놀고 공부해야 할 나이에 어른들의 희생양이 되어 아무 죄책감 없이 사람을 죽이고 허무하게 생을 마감하는 소년병들의 이야기에서 아프리카 내전의 추악한 현실, 그 이면이 낱낱이 드러난다. 현대사에서 가장 무시무시한 비극 중 하나인 소년병 문제에 대해 함께 생각해보았으면 한다.

02 Re: 우리 지금 사랑일까

스웨덴 아우구스트 상 · 최다판매도서상 수상작
네이버 · 교보문고 북리펀드 선정도서

사라 카데포스 지음 | 안장혁 옮김 | 372쪽 | 값 9,800원

회색빛 사춘기에 접어든 산도르와 이다가 인터넷 채팅을 통해 만났다가 사랑과 우정 사이에서 갈등하는 가운데 자기정체성을 찾아나가는 과정을 독특하게 엮어낸 해피엔딩 성장소설. 전형적인 러브 스토리의 구조를 갖고 있으면서도 반전을 거듭하는 이야기 전개로 끝까지 속도감 있게 쑥쑥 읽힌다. 실제로 스웨덴에서 2004년 영화로도 제작되어 소설 못지않은 인기를 모으기도 했다.

03 플라이트
FLIGHT

전미도서상 · 보스턴 글로브 혼 도서상
수상 작가의 화제작
'인디언판 허클베리 핀의 모험'

셔먼 알렉시 지음 | 박윤정 옮김 | 232쪽 | 값 9,000원

미국 역사의 부끄러운 치부들을 관통하며 화해와 사랑이라는 메시지를 유머러스하면서도 가슴 절절하게 보여준다. 인디언 출신 주인공 소년의 신기한 시간 여행을 따라가다 보면, 제목이 시사하듯 도망(flight)으로 시작된 이야기가 비상(flight)으로 끝나는 감동을 느끼게 된다. 한때 아버지를, 사회를 죽도록 미워했던 경험을 갖고 있는 이들이라면 더더욱 눈물 나게 공감할 수 있을 것이다.

04 트루먼 스쿨
악플 사건

'책따세'에서 선정한 2009년 여름방학 권장도서
독서새물결모임, 경남도교육청, 전북도교육청,
아침독서 추천도서

도리 H. 버틀러 지음 | 이도영 옮김 | 196쪽 | 값 9,000원

인터넷의 익명성 뒤에 숨어 악플 문화를 조장하는 가해자와 어영부영 '악플 놀이'에 빠져든 주변 인물들, 그리고 영문도 모른 채 정신적 고통을 겪어야 하는 피해자의 속내를 섬세하게 그린 작품. 내가 무심코 뱉은 한마디가 어떻게 다른 이에게 큰 상처가 되는지를 일깨워준다. 악플의 심각성을 인식시키고 상대를 존중하는 마음을 일깨우는 데 매우 훌륭한 가이드가 되어줄 것이다.

05 내가 사는 이유

마이클 프린츠 상 · 가디언 상 · 룩스 상 수상작
2013년 하반기 시얼샤 로넌 주연의 영화 개봉 예정

멕 로소프 지음 | 김희정 옮김 | 240쪽 | 값 9,000원

전쟁으로 엉망이 되어버린 세계에서 스스로 삶의 의미를 찾아나가는 열다섯 살 소녀의 이야기. 영국에 사는 친척에게 보내진 데이지는 첫눈에 반한 에드먼드와 사랑에 빠진다. 그러나 적군이 침공하면서 강제 이별을 하게 되는데……. "청소년소설의 여왕"이라 불리는 멕 로소프의 대표작. 현재 영국과 미국의 각급 학교에서 필독서로 널리 읽히고 있으며, 영국 BBC에서 라디오 드라마로 제작, 방송하기도 했다.

06 만약에 말이지

영국 카네기 메달 · 독일 청소년문학상 수상작
학교도서관저널 추천도서

멕 로소프 지음 | 박윤정 옮김 | 304쪽 | 값 9,500원

예정된 운명을 피해 달아나려는 열다섯 살 소년의 모험을 다룬 성장소설. 어느 날 오후 자기를 둘러싼 어두운 운명의 존재를 깨달은 케이스는 그 운명으로부터 도망치기 위해 다른 사람이 되기로 결심한다. 저스틴은 과연 자신의 운명으로부터 달아날 수 있을까? 영국 최대 일간지 《타임스》가 "현대판 호밀밭의 파수꾼"이라 격찬할 만큼 큰 반향을 불러일으키며 베스트셀러가 되었다.

07 바다거품 오두막

독일 룩스 상 수상작
카네기 메달 · 코스타 상 최종후보
국립어린이청소년도서관 추천도서

멕 로소프 지음 | 박윤정 옮김 | 256쪽 | 값 9,500원

무성의하고 형식적인 교사들과 약육강식의 원칙에 의해 움직이는 동료 학생들 사이에서 우울하게 생활하던 주인공은 어느 날 크로스컨트리를 하다가 바닷가 외딴집에서 혼자 사는 소년 '핀'을 발견한다. 《타임스》가 "황홀경에 빠진 사뮈엘 베케트"라고 격찬한 멕 로소프의 성장소설 3부작 중 가장 몽환적인 작품으로, 섬세한 분위기와 심리 묘사가 압권이다.

08 홈으로 슬라이딩

'책따세'에서 선정한 2010년 여름방학 추천도서
국제학교사서협회(SSLI) 올해의 도서상 수상작

도리 H. 버틀러 지음 | 김선희 옮김 | 312쪽 | 값 9,800원

방과후 활동에 관한 학교와 교육 당국의 편견에 맞서 양성평등을 실현해나가는 맹렬 소녀 조엘의 이야기. 포기를 모르는 조엘이 이루어내는 것을 보노라면 마치 한 편의 웰메이드 할리우드 영화를 보는 것 같다. "소녀들이여, 꿈을 가져라!"라는 진취적인 메시지를 선사함은 물론이고, 설득과 타협을 통한 일보 전진이라는 절차적 민주주의의 과정을 학습하는 부수적 효과도 안겨줄 것이다.

09 불량엄마 납치사건

캐나다 아서 엘리스 상 · 자작나무 상 수상작
국립어린이청소년도서관 추천도서

비키 그랜트 지음 | 이도영 옮김 | 240쪽 | 값 9,500원

어느 날 엄마가 실종되었다! 사고인가, 가출인가? 아니면 납치?! 열네 살 소년의 엄마 구출 대작전을 그린 명랑 법 스릴러. 실소를 자아내는 유머와 위트로 독자를 매료시킨다. 우리나라에서도 요즘 심각한 사회문제가 되고 있는 '도시 재개발' 사업의 이면을 청소년 독자의 눈높이에 맞게 녹여낸 점도 이채롭다. '스케이트보드를 탄 존 그리샴'으로 불리는 작가 비키 그랜트의 진면목을 보게 될 것이다.

10 새빨간 거짓말

카네기 메달 수상작, 가디언 선정 '세계 100대 아동문학'
현실과 허구의 경계를 넘나드는 현대판 아라비안나이트

제럴딘 머코크런 지음 | 정회성 옮김 | 308쪽 | 값 9,800원

어느 날 주인공 소녀 에일사의 가게에 불쑥 나타나 탁월한 이야기 솜씨로 사람들을 매혹시키며 물건을 파는 남자, MCC 버크셔의 미스터리를 다룬 청소년소설. 골동품점이란 신비스런 공간을 배경으로 열한 가지 이야기의 향연이 펼쳐진다. 그의 정체는 과연 무엇일까? 온갖 잡다한 이야기가 홍수처럼 넘쳐나는 시대, 이야기(문학예술)가 갖는 마술적 힘에 대해 생각해보는 시간을 선사할 것이다.

11 천국에서 한 걸음

'책따세'에서 선정한 2011년 여름방학 추천도서
마이클 프린츠 상 수상작, 뉴욕타임스 올해의 책

안나 지음 | 박윤정 옮김 | 256쪽 | 값 9,500원

미국을 천국이라 믿었던 한국인 소녀의 가슴 시린 성장통을 그린, 미국 이민 1.5세대 소설가의 자전적 소설. 이민 세대의 고달픈 가족사는 한국 현대사의 의미 깊은 한 단면을 보여준다. 그들의 문제는 바로 우리의 문제. 지금도 또 누군가는 '아메리칸 드림'을 좇아 미국행 비행기에 오르고 있을 것이기 때문이다. 미국은 천국이라는 환상이 아직도 남아 있는 나라에 대한 냉혹한 자기비판이 돋보인다.

12 초콜릿 레볼루션

화제의 애니메이션 〈초코초코 대작전〉의 원작소설
아침독서, 국립어린이청소년도서관 추천도서

알렉스 쉬어러 지음 | 이주혜 옮김 | 384쪽 | 값 10,800원

초콜릿 금지령을 내리는 등 국민의 먹을 권리마저 억압하는 독재정권에 맞서 떨쳐 일어선 두 소년의 모험을 담은 소설. 엉뚱한 상상력과 재기발랄한 정치 풍자가 돋보이는 작품으로, TV 드라마(영국 BBC), 만화와 애니메이션(일본)으로 만들어져 더욱 화제를 모았다. 민주주의는 저절로 이루어지는 게 아니라 대중의 적극적인 참여를 통해 발전되고 완성된다는 지극히 당연한 사실을 절실히 깨닫게 될 것이다.

13 팻걸 선언

오프라 윈프리 북클럽, 학교도서관저널 추천도서
비만 여고생 제이미의 좌충우돌 '자아 찾기' 프로젝트

수잔 보드 지음 | 김신희 옮김 | 308쪽 | 값 9,800원

"나는 뚱뚱하게 살아갈 권리가 있다!" 청소년 전문 신경생리학자/상담심리학자가 쓴 소설답게 청소년들의 일상적 환경 및 심리에 대한 디테일이 매우 현실적이며, 각 장마다 주인공이 쓴 학교신문 칼럼이 적절히 어우러져 극적 효과를 증폭시킨다. 말라깽이만이 환영받는 사회 분위기 속에서 다이어트 문제로 갈등하는 수많은 청소년들에게 희망찬 자기긍정의 메시지를 선사할 것이다.

14 쌍꺼풀

성형천국 코리아의 청소년들에게 보내는 문제적 메시지
학교도서관저널 추천도서

안나 지음 | 김선희 옮김 | 268쪽 | 값 9,500원

열여섯 살 소녀 조이스가 청소년기에 누구나 느끼고 고민하는 외모 콤플렉스를 극복해나가는 이야기를 통해, 진정한 미(美)란 무엇인지 곱씹어보게 해주는 소설. 외모 콤플렉스는 물론 자매간의 경쟁의식, 첫사랑, 우정, 가족 문제 등 청소년기의 중요한 이슈들을 유머러스하게 그려낸 이 소설의 최대 강점은 TV 청소년 드라마를 보는 듯 경쾌하게, 맛깔나게 읽힌다는 것이다.

15 세상이 끝난 건 아니야

영국 최고 권위의 휫브레드 상 수상작
대한출판문화협회 올해의 청소년 도서

제럴딘 머코크런 지음 | 이재경 옮김 | 256쪽 | 값 9,500원

성경에 나오는 '노아의 방주' 이야기를 현대 여성주의와 생태주의의 관점에서 재해석한 패러디소설이자 재난소설. 이상주의가 광신적 행위로 전화할 때 어떤 일이 벌어지는지, 진정한 선(善)과 휴머니즘은 어떤 것인지, 극단적 절망 속에서도 희망은 어떻게 피어나는지 등의 묵직한 물음을 독자에게 던진다. 작가 특유의 독창적인 상상력과 감각적인 언어가 돋보이는 걸작이다.

16 통조림을 열지 마시오

통조림으로 상징되는 현대사회에 대한 엽기적 풍자
학교도서관저널 추천도서

알렉스 쉬어러 지음 | 정현정 옮김 | 248쪽 | 값 9,500원

우연히 구입한 라벨 없는 통조림에서 정체불명의 물건(?)들을 발견하고 그 수수께끼를 찾아나가는 퍼갈과 샬롯의 모험을 담은 소설. 알렉스 쉬어러 특유의 그로테스크적 상상력과 사회 풍자가 돋보이는 작품이다. 가난하거나 부모 없는 아이들을 데려다가 강제로 일을 시키는 공장주 부부의 모습에서, 여전히 전 세계에서 성행하고 있는 '아동노동 착취' 문제에 대해 생각해보게 한다.

17 내 인생 최악의 학교

아마존, 뉴욕타임스, 반즈앤노블 아동/청소년 best 1위!
학교를 '감옥'이라 생각하는 청소년들이 꼭 읽어야 할 책

제임스 패터슨 지음 | 김상우 옮김 | 312쪽 | 값 10,000원

'평범한 것은 지루한 것'이라는 생각에서 권위적인 학교 규칙에 반항하고 나선 열네 살 소년 레이프의 악동 행각을 유머러스하게 풀어낸 성장소설. "초베스트셀러 '윔피 키드' 시리즈의 중학생 버전"이라는 찬사를 받으며 각종 베스트셀러 차트를 석권했다. 뉴욕타임스는 이 소설의 대성공 비결을 이렇게 분석했다. "레이프는 나쁜 애가 아니다. 단지 남들과 다르고 창의적일 뿐. 여러분의 아이도 그렇지 않은가?"

18 불량엄마 굴욕사건

캐나다 아동도서센터(CCBC), 리소스 링크스 올해의 책
『불량엄마 납치사건』, 그 두 번째 이야기

비키 그랜트 지음 | 이도영 옮김 | 248쪽 | 값 9,500원

'명랑 법 스릴러'라는 새로운 장르를 개척하며 영미권은 물론 한국에서도 인기를 모은 『불량엄마 납치사건』의 속편. 치아 미백 효과가 있는 '신비의 커피' 글리모치노에 관련된 과학자들 간의 암투, 그리고 음모를 밝혀나가는 소년 탐정 시릴의 활약상이 경쾌하게 펼쳐진다. 그들만의 방식으로 서로를 챙기고 보살피는 앤디와 시릴의 좌충우돌 '불량' 생활기를 읽고 있노라면, 마음 한구석에서 짠한 마음이 샘솟게 된다.

19 방관자

학교폭력 '방관자'의 도덕적 딜레마를 다룬 문제작
책따세, 청소년폭력예방재단, 인디고서원 추천도서

제임스 프렐러 지음 | 김상우 옮김 | 248쪽 | 값 9,500원

학교폭력의 갈등 상황에서 '방관자'가 된 주인공의 도덕적 딜레마(의롭지 않은 행동을 그저 구경만 하고 있을 것인가?)를 지극히 현실적인 시선으로 그려낸다. 학교 폭력과 왕따의 가장 무서운 적은 '침묵'과 '방관'이라는 사실을 극적인 방식으로 일깨워준다. 우리와 우리 아이들이 서서히 목소리를 내기 시작할 때 학교 폭력과 왕따의 사악한 힘은 서서히 사라질 것임을 각인시켜줄 것이다.

20 두근두근 백화점

무대책 엄마와 걱정쟁이 딸들의 두근두근 백화점 잠입기
간행물윤리위원회 '이달의 청소년 권장도서'

알렉스 쉬어러 지음 | 김호정 옮김 | 304쪽 | 값 10,000원

백화점에 몰래 숨어든 홈리스 모녀의 모험을 담은 청소년소설. 늘 엉뚱한 상상력에 날카로운 사회비판 메시지를 담아내는 작가 알렉스 쉬어러의 신작으로, 이번에는 쉬어러 특유의 상상력에 진한 가족애까지 버무려 쓸쓸하지만 달콤한 마법 같은 가족 판타지를 선사한다. 작가는 우리에게 이렇게 말하는 것 같다. 모험을 떠나자! 사랑하는 가족과 함께! 그것이야말로 진정한 행복이고 기적이니까!

21 17세

"저, 가출합니다." 이메일을 타고 흐르는 세대 공감 이야기
'책·따·세' 추천도서, 한국문화예술위원회 우수문학도서

이근미 지음 | 348쪽 | 값 12,000원

박완서 등 걸출한 여성 작가들의 산실인 《여성동아》 장편소설 공모에 당선되어 2006년
출간된 이후 '책·따·세' 추천도서, 한국문화예술위원회 우수문학도서에 잇따라 선정되며
베스트셀러로 자리 잡은 성장소설 『17세』의 개정판. 엄마가 가출한 딸과 이메일로
소통한다는 독특한 설정과, 탄탄하고 명료한 문장으로 "한국문학에 또 하나의 이정표를
세웠다"는 찬사를 받은 문제작이다.

22 두근두근 체인지

까칠 평범남과 모태 유명인, 닮은꼴 두 소년의
인생 바꿔치기 소동
"아동/청소년 모험소설의 왕" 알렉스 쉬어러의 신작

알렉스 쉬어러 지음 | 정현정 옮김 | 304쪽 | 값 10,000원

"왕자와 거지'라는 전통적 모티프에 알렉스 쉬어러 특유의 문제의식이 절묘하게 어우러진
소설. 평범한 아이 '빌'과 톱스타를 부모로 둔 '베니'를 대비시켜, 자본주의 사회의 부조리한
일면을 드러낸다. 시종일관 웃음을 자아내는 생생한 캐릭터와 톡톡 쏘는 입담이 돋보인다.
빌의 마지막 말은 흔한 얘기처럼 들리지만, 분명 맞는 말이다. 남이 나의 대역이 될 수 없듯,
나 역시 남의 대역이 될 수 없다. "나는 나니까."

23 신이라 불린 소년

고통받는 지구와 인류에 바치는 기상천외한 블랙 코미디
2012년 카네기 메달 최종 후보작

멕 로소프 지음 | 이재경 옮김 | 304쪽 | 값 10,000원

지구와 인류의 역사를 창조하고 관장하는 하느님이 실은 사춘기 소년이라는 발칙한 설정
아래, 그리스신화와 우주물리학, 성경의 천지창조를 넘나들며 신과 인간 존재에 관한
날카로운 통찰을 보여준다. 인간 존재의 부조리함에서 비롯된 난장판 같은 지구, 신도 더
이상 어쩌지 못할 만큼 망가질 대로 망가진 지구에 대한 작가의 연민과 고민이 오롯이
느껴진다.

24 내 인생 최악의 학교2

희대의 악동 레이프가 돌아왔다! 더 강력해진 미션과 함께!
'나는 누구인가?'를 고민하는 청소년들이 꼭 읽어야 할 책

제임스 패터슨 지음 | 김상우 옮김 | 288쪽 | 값 10,000원

이제 중학 2학년이 된 레이프가 대도시로 이사해 벌이는 소동을 그린, 『내 인생 최악의
학교』 속편. '나는 누구인가?'에 관한 고민은 청소년들이 공통적으로 갖는 고민이다.
레이프가 대책 없이 벌이는 사건들은 엉뚱하고 어리석어 보일 수 있지만, 자기 본질에 대한
고민에 빠져드는 청소년들에게 깊은 공감을 선사한다. 또한 새 학교에서 새 친구를 만나
겪는 레이프의 경험은 '진정한 친구'의 의미를 되새기게 한다.

25 정글의 법칙

뉴욕타임스 아동/청소년 1위, 아마존닷컴 '이달의 책'
학교도서관저널 추천도서

칼 히어슨 지음 | 김상우 옮김 | 360쪽 | 값 12,000원

뉴베리 상 수상작가 칼 히어슨의 신작. 2010년 유네스코 '위험에 처한 세계유산'에 지정된 미국 플로리다의 에버글레이즈 습지를 배경으로 '야생' 대 '문명', 천진난만한 '동심의 세계' 대 위선적인 '어른들의 세계'의 대결을 흥미진진하게 풀어낸다. 오만 방자하기 이를 데 없는 우리의 인간 중심적 자연관에 경종을 울린다. "청소년문학계의 우디 앨런"이라 극찬받는 칼 히어슨의 진가를 확인하게 될 것이다.

26 남쪽 섬 티오

문명에 때묻은 현대인을 위한 트로피컬 판타지
제41회 소학관 문학상 수상작

이케자와 나쓰키 지음 | 김혜정 옮김 | 232쪽 | 값 9,500원

태초의 신비와 문명의 이기를 함께 간직한 남태평양의 작은 섬을 배경으로 순수 소년 티오가 들려주는 마법 같은 이야기. 현대인의 메마른 감성을 적셔줄 신기하고 아름다운 이야기들이 실타래처럼 풀려 나온다. 제41회 소학관 문학상을 수상했으며, 수록작 중 「별이 투명하게 비치는 커다란 몸」이 중학 교과서에 수록될 만큼 일본 청소년문학의 대표작 중 하나로 평가받는다.

27 철인3종 삼총사

지금 10대를 지나고 있거나, 지나온 이들을 위한 응원가
제22회 쓰보타 죠지 문학상 수상작

세키구치 히사시 지음 | 백수정 옮김 | 332쪽 | 값 10,800원

행정구역 통합으로 사라질 운명에 처한 학교의 명예를 걸고 철인3종(트라이애슬론)
대회에 참가하게 된 세 소년의 좌충우돌 도전기. 사춘기 특유의 감정적 흔들림과 무력감을
씩씩하게 극복해나가는 아이들의 이야기가 싱그럽게 펼쳐진다. 전혀 어울릴 것 같지 않은
세 소년이 빚어내는 상쾌한 앙상블을 따라가노라면 절로 입가에 미소를 짓게 된다. 청춘의
힘이란 바로 이런 것이 아닐까.

28 피그보이

자타공인 왕따 소년 댄의 학교 영웅 변신기
캐나다 자작나무상 수상작

비키 그랜트 지음 | 이도영 옮김 | 140쪽 | 값 8,800원

학교에서 자타공인 '왕따'인 열네 살 소년이 무시무시한 사건에 휘말렸다가 재치와 용기로
반 친구들을 구하고 학교 영웅으로 거듭나는 과정을 담은 청소년소설. '스케이트보드를 탄
존 그리샴'으로 불리는 비키 그랜트의 신작으로, 캐나다 자작나무상을 수상하고 ALA
올해의 청소년소설에 선정된 화제작이다. 사소한 콤플렉스 때문에 괴로워하는
청소년들에게 자신감과 용기를 복돋아줄 것이다.